撒野的
憤怒馬桶

劉美瑤——著　李月玲——圖

名家推薦

陳安儀（閱讀寫作老師）：

一個陰陽眼的學生，在學校看見徘徊不去的教師鬼魂；一樁頑童在校長室免治馬桶的惡作劇，牽連出時間久遠的校園貪汙案。這兩件事情，最終發展成一個引人入勝的懸疑故事。整篇小說劇情曲折離奇、張力十足，令讀者欲罷不能、有想要一次讀完的衝動。唯校園貪汙案件的犯罪實證僅有「免治馬桶與冰箱」感覺無法讓人信服，有些「雷聲大、雨點小」是其中的瑕疵之處。

游珮芸（台東大學兒童文學研究所所長）：

令人忍不住一口氣讀完的推理佳作。

主角少年胡皓有通靈本領的設定，讓故事鋪陳懸疑感十足，作者埋設的伏筆與偵探解謎的過程，合乎邏輯，且緊迫感十足，高潮迭起。角色人物間的對話拿捏精準，充滿畫面流動感的情節描寫，不拖泥帶水，敘事功力甚佳。

小說主題所涉及的階級／貧富差距所造成的不平等；身為教師或校長也可能犯錯，且為了掩飾錯誤，歸罪給他人（學生／老師）等社會寫實、人性黑暗面，值得大人與小孩讀者一起討論、深思。

目錄

1 整件故事肇因於一罐萬用油膏！

那天早上，胡皓突然覺得脖子好癢，睡夢中他亂抓一通，直到覺得刺痛才驚醒。他衝進廁所一看，脖子已經抓破皮了，還滲出血珠，看起來有點嚇人。

吃早餐時，妹妹看見他的脖子，大驚小怪的嚷著好恐怖，好像

被狼人抓的。

「吼，胡皓，你會變成狼人！」

「我變成狼人第一個先咬你。」胡皓齜著牙嚇唬妹妹。

妹妹朝他吐舌頭表示根本不怕。

兄妹倆還想繼續鬥下去，爸爸出聲了。

「快點吃，吃完我帶你們去上學，順便回局裡。」

「爸今天不是休假？」

胡皓的父親是警官，昨晚執勤到半夜，今天本來是輪休。

「臨時有事。」

胡皓沒往下問，因為知道就算問了，爸爸只會對他眨眨眼說：偵查中，無可奉告！

在車上時，爸爸瞥見他脖子紅紅的，問他怎麼一回事。

他不在意的摸摸已經結痂的傷口：「很癢，抓破皮。」

「忍著，不要再抓了，還癢的話，叫媽媽帶你去看皮膚科。」

好！

胡皓悄悄豎起領子。

不料早自修時，仍然有同學不斷問他脖子怎麼搞的。

「你被家暴嗎？我幫你打一一三！」班上的搞笑大王顏子齊故意鬧胡皓。

胡皓鼻子哼了一聲，繼續看手裡的武俠小說。

「還是……，哦，那個原因？」子齊不放棄，神色曖昧的亂猜。

胡皓假裝揍顏子齊一拳：「神經！不要亂說！」

兩人正打打鬧鬧，一隻手橫遞來一個白色小罐子。

「你拿去用用看吧！」

胡皓回頭，看見汪茗茗微笑的望著他，一臉誠摯。

「是我媽調的萬用膏，止癢擦傷都很有用，但是薄薄塗一層就好了，塗太多衣服會染成橘色喔。」

拗不過汪茗茗的好意，胡皓收下油膏：「我等下再

擦。」

過了一會，胡皓發現汪茗茗似乎一直注意他是否有擦油膏。他只好放下書本，拿起油膏往廁所走。

子齊見狀急忙跟上去。

胡皓旋開蓋子，拉開衣領，手指沾起藥膏，避開脖子上掛的護身符，小心的塗抹傷口。藥膏味道聞起來有股濃郁的油脂味，沒有想像中難聞。

「唉呀，這是女巫的愛情靈藥，你小心擦了以後就會愛上她喔！」子齊在一旁怪聲怪氣道。

「那你也擦一擦，看你會不會愛上汪茗茗。」胡皓沾著油膏的手指往顏子齊臉上襲去，子齊矮身閃過，轉而奪走胡皓手上的油膏挖了一坨回報胡皓。

「君子不奪人所好！你自己獨享吧！」

胡皓左手擋住子齊的偷襲，右手命中子齊額頭：「好東西要和好朋友分享！」

子齊啐了一口往後跳，手背往額上一擦，「吼，橘橘的，有夠噁心！」他抓下一把衛生紙猛擦。

胡皓嘿嘿嘿得意的笑著往外走。子齊趁機從背後一手勾著胡皓的脖子，一手把油膏塗在胡皓臉頰上：「讓你變成橘子臉！」

兩人在廁所裡開玩笑的扭打起來。直到鐘響，才一人抓一把衛生紙邊擦邊跑回教室。

第二節數學小考，不知道是不是汪茗茗的萬用油膏發揮作用，胡

皓感覺脖子的傷口似乎不再隱隱發癢，他邊算數學邊忍不住摸摸脖子，心想下課後要跟汪茗茗好好道謝。

突然，他一驚。

咦！

胡皓拉開領子往衣服裡面看。

奇怪了，那條從小戴到大的護身符怎麼不見了！

啊！

他在心裡暗道糟糕，八成是剛才和子齊在廁所玩鬧時，被他扯掉了。他蹙眉瞪著左前方的子齊，在心底偷罵一聲，盤算下課後要叫他幫忙找。

叩叩兩聲。

大家抬起頭看著前門，是林主任：「劉老師，打擾一下！」

不一會兒，走廊另一頭傳來小小聲的爭執。

正在寫考卷的同學們有的停下動作頻頻向外張望，於是劉老師急忙把林主任拉到較遠處繼續講。

胡皓抬起頭看看走廊又轉頭看著前門。

前門站著一個尖嘴巴，正四處張望的男生，還有一個一臉蒼白，長得有點像狐狸的女生。

是轉學生嗎？胡皓猜。

「可是，我們班人數是全學年最多的。」劉老師生氣得提高音量！

「我知道！但是，校長已經答應了，我有什麼辦法！」林主任壓低說道。

劉老師揉揉隱隱作疼的太陽穴，瞪著林主任：「如果我硬不接呢？」

「劉敏菁，做人要識相，別惹事。」林主任面色不豫的警告她，看見劉老師無動於衷，他改用哀求的語氣：「拜託，就算是幫個忙，體諒體諒我吧！」林主任把手上的資料袋塞給劉老師，轉身欲走。

「林立！」

林主任停下腳步，聽見劉老師用憐憫的口吻說：「還好『她』已經不在了，否則，看見你現在這副模樣，『她』一定會很難過。」

林主任遲疑了一下，然後加快腳步離開。

劉老師看著幾乎是逃跑著離開的林主任，重重的嘆了一口氣，走進教室。

2 nobody是誰？

「老師？」胡皓舉手。

「怎麼了？」

他指指門口：「新同學？」

哦！差點忘了！

劉老師拿出手中的資料看了看，轉頭帶著歉意招呼門口的轉學生。

「黨存立，來，先進來坐下，嗯，你坐第四排最後一個位置吧！

這節考數學，不過時間剩下不多，你會寫的先寫，其餘的帶回家補，這張不用算分數。」

黨存立瞄一眼數學考卷：「這麼簡單，我一會就寫完，不用回家補。」

哦！

劉老師眉毛蹙了一下：「好。」

胡皓看著黨存立坐在他旁邊後，又轉頭看劉老師。

「有問題嗎？胡皓？」

「另一個新同學要坐哪裡？」

嗄？

劉老師愣了愣，還有一個？她飛快的轉頭看門口，沒有人啊？

「哪有另一個新同學？只有一個！」劉老師回覆。

什麼？

只有一個？胡皓不敢置信的看著門口。

那麼，站在門邊的那個女生，是什麼？

門邊的女生似乎也發現胡皓一直在注意著她，她踏進教室，咧嘴對胡皓微笑，大方的打招呼。

嗨～

胡皓啊的一聲，身體往後仰，整個人連同椅子跌到地上。

劉老師連忙跑過去看他有沒有受傷。

「有沒有受傷，要不要去保健室？」

子齊連忙舉手：「老師，我帶他去找護士阿姨。」

「不用！」胡皓阻止，他站起來拍拍屁股：「我沒事。」

胡皓拉開椅子繼續寫考卷，子齊見翹課的詭計沒有得逞，對他吐舌頭做鬼臉，他也皺皺鼻子做鬼臉回他，暗示他知道子齊心裡打什麼算盤。

若是平常，他一定會想下課時要怎麼嘲笑子齊又在找藉口不考數學。可是現在他完全沒有開玩笑的心情，甚至，連剩下的應用題也沒心思算。

胡皓摸著空蕩蕩的脖子。

他心底很清楚：護身符掉了，意味著，他又能「看見」了。所以，他盯著在教室裡漫步的「另一個新同學」，隱約明白，「她」是什麼了。

「新同學」在教室裡走來走去，饒富興味的打量著每個人的考卷，邊隨意碰觸教室後面的布置。然後停在胡皓旁邊，蹲下來，指著他的考卷。

這題寫錯了～是十八分之一。

有股涼意慢慢包圍胡皓，他握著筆的手不由自主的輕微顫抖！

這種熟悉的寒冷感覺！賓果！

「她」果然不是人類！

是鬼!!

胡皓記得小時候爸爸曾經跟他提過。說他們胡家的人，都有可以看見鬼的「特殊體質」。

當時才三歲的胡皓不懂什麼叫「特殊體質」！

爸爸解釋，很久很久以前的胡家祖先留給每個胡家的子孫一項特別的禮物，這項禮物就是：他們擁有可以看見鬼，或者聽見鬼說的話，甚至和鬼溝通的特殊體質。

爸爸說，祖先給爸爸的禮物比較小，所以爸爸只能感覺到鬼的存在，看不見鬼也聽不見鬼說話。但是祖先送給胡皓的禮物很大，所以胡皓既能看見也能聽見、還能和鬼溝通。

但是，這是祕密禮物，不能讓別人知道，不然可能會帶來大麻煩。爸爸叮嚀。

三歲的胡皓當時不懂會有什麼大麻煩，不過看向來溫和幽默的爸爸表情那麼嚴肅，聰敏的胡皓猜想麻煩必然非常大。

好！我絕對不會告訴人家。胡皓和爸爸勾勾手。

雖然胡皓答應不把祕密說出去，不過媽媽認為小孩子的話怎能說得準。

胡皓的媽媽請胡皓的爺爺去廟裡幫胡皓求了一張護身符，要胡皓貼身戴著，連洗澡的時候也不可以摘下來。

剛求來護身符時，胡皓常常摘下來玩卻忘了戴上去，所以常看見鬼。當時他年紀還小，旁邊的人覺得很奇怪，媽媽就會解釋說這是小孩子在和他們想像中的朋友聊天，是人格發展中很自然的現象。

後來胡皓漸漸大了，明白「特殊體質」隱含的意義以及可能引起的麻煩，所以就算是忘了戴上護身符因此看見鬼，他也會想辦法遮掩，不讓人發現他的特殊體質。

妹妹約莫也被告誡過，爾後循著同樣的模式成長，比他更懂得隱

藏這項禮物的存在。

畢竟，沒有人能自然的接受身邊有個看得見鬼的同學或朋友啊！

怪不得老師說只有一個轉學生。原來，因為「她」根本不是真的新同學，而是鬼呀！

胡皓偷瞄著身旁的女生，異常蒼白的臉孔、毫無血色的嘴唇，沒錯，確實是鬼。還有，剛才遠遠看，覺得她好像很年輕，近看才知道她是個「成人鬼」，真是的，剛剛怎麼會以為她是人呢？一定是太久沒見到鬼了，才會看錯！胡皓眼睛骨碌碌轉著邊在心裡想。

哈囉～你有聽到我說的話吧～我說你這題寫錯囉～

「她」伸手在胡皓眼前揮了揮。

胡皓咕咚吞了口口水，僵硬的搖搖頭，像個機器人似的慢慢在考卷上寫著：這是作弊！然後又擦掉。

你這個小孩還真是可愛~

她噗哧一笑，探頭看考卷上的姓名欄。

胡皓，不錯~好孩子~

雖然仍舊感覺涼意不斷襲來，但是胡皓已經不像剛才那麼緊張了。他寫道：你是跟著他過來的？

她搖搖頭。

胡皓擦掉那行字，寫道：

你怎麼會出現在這裡？

新同學收斂笑容，臉色沉了下來。

我在這裡很多年了。

胡皓感覺越來越冷，忍不住縮了縮脖子。

他擦掉那行字，重新寫道：

你是說你是死在這裡的？

她點頭，眼角顯露戾氣，原本蒼白的臉色從額頭開始泛青。

胡皓倒抽一口氣，往牆壁一靠。

坐在講桌旁正在改作業的劉老師察覺底下有動靜，飛快的抬起頭來掃視教室。

「胡皓，你不舒服？」

胡皓搖頭。

劉老師不放心，放下紅筆站起來走到他旁邊仔細端詳他的臉：

「你剛才真的沒有撞到頭？」

胡皓斬釘截鐵用力的點點頭。

「那怎麼臉那麼冰，而且感覺臉色發白？」劉老師自言自語道，疑惑的看著他。

胡皓嘿嘿嘿的傻笑，心想：如果老師知道現在他旁邊站著一個鬼，也會全身涼颼颼臉色慘白吧！

「等一下下課去保健室看看喔！」

劉老師走回講台看看其他同學，又低頭繼續改作業。

敏菁一點也沒變，還是那麼婆婆媽媽。

「她」臉上的青氣已然褪去，回復蒼白，眼神卻有些氤氳，大大的眼睛籠著一層水光。

胡皓覺得好奇怪：莫非「她」認識劉老師？

他繼續寫道：你是誰？

新同學用溼潤的眼睛看著胡皓，擠出一個哀傷的微笑。

我是，nobody。

抱歉，孩子～打擾你上課了～

「她」往後退，慢慢踱出教室，不見了。

鐘聲響了。

胡皓仍舊呆坐在椅子上。

子齊看胡皓坐在椅子上發呆，有點擔心：「喂，胡皓，你怎麼啦？要

不要去找護士阿姨？」

胡皓慢慢的抬起眼看著子齊，神情有些複雜，想罵人卻又不知道該怎麼開口。

他捶一下桌子：「都你啦！跟我去廁所！」

「幹嘛？你女生喔！上廁所還要人陪！」

「不是上廁所，是找東西！」

胡皓頭也不回的往廁所走去。

顏子齊在後面邊跳邊嚷著急急忙忙跟上。

3 餐桌上的爆雷

媽媽放下電話，告訴胡皓兄妹：「爸爸說他局裡還在忙，叫我們不用等他，先吃飯吧！」

胡皓放下電視遙控器走進廚房幫忙添飯，妹妹擺好碗筷，等媽媽坐下後，搶先夾起盤中的雞塊放進碗裡，胡皓拋給妹妹一個白眼，不甘願的吃著雞塊旁邊的配菜。

「你怎麼不吃雞塊？」胡皓的媽媽狐疑的問。

「今天突然沒胃口。」胡皓埋頭扒飯。

胡皓的媽媽瞇起眼睛先是看看胡婷，只見她又夾起一塊炸雞愉快的送進嘴裡，邊吃邊得意的朝胡皓使眼色。

有問題！胡皓的媽媽放下筷子眼睛像雷達似的掃描胡皓。目光停在他的脖子上。

「你脖子看起來好像好一點了？還會不會癢？」她邊說邊出其不意的伸手抓著胡皓的肩膀。

「已經擦過藥了，不會癢啦！」

胡皓扭著身體想撥開媽媽的手，但是媽媽的手豈是那麼容易掙脫的？

眼看事跡即將敗露，胡婷決定先自首撇清。

「哥哥說他今天不小心把護身符弄丟了。他叫我先不要說，就把雞塊通通讓給我吃。」

「我就知道你有事瞞我。」媽媽用手指敲了敲胡皓的頭。「快說，在哪弄丟的？有找到嗎？」

胡皓搖頭。

今天早上他和子齊在廁所裡找了半天，連垃圾桶都沒放過，就是沒看見護身符。他猜可能是被掃廁所的阿姨掃走了。

「這種事情怎麼這麼晚才說呢？」

媽媽皺眉看看時鐘。

「七點了，現在趕回爺爺家那裡的媽祖廟，不知道來不來得及？」

「沒關係啦，明天放學以後再去。而且我現在那麼大了，就算看到鬼也不會跟別人說。」雖然見鬼的次數屈指可數，不過他既不討厭也不覺得那些鬼魂很可怕。

人比鬼壞多了。這是爸爸說的，胡皓非常認同。

「真的沒關係嗎？」胡皓的媽媽還是不放心。

她是胡皓兄妹說的「麻瓜」體質，雖然常去廟裡拜拜，初一十五也會跟著吃素，但是從未遇過靈異。有時候胡皓的爸爸感覺身邊涼涼的，認為有「東西」飄過。胡皓的媽媽總是滿臉懷疑。

直到生下胡皓。

嬰兒時期的胡皓時常對著空氣講話，還呱呱呱笑個不停，胡皓稍大些時帶他去公園散步，他不是指著溜滑梯說想和「坐在上面的辮子姊姊」一起玩，要不就是繞著樹和「穿吊帶褲的小哥哥」玩「鬼抓人」。但是胡皓所指之處都「空無一人」。於是她才逐漸相信，胡家人真的有「特殊體質」。

她不怕鬼，她和胡皓的爸爸一樣，也認為人比鬼可怕，不過，和鬼溝通這樣的能力畢竟不尋常，她不希望孩子從小招來異樣的眼光，所以才透過胡爺爺跟媽祖求了一張護身符。

至於為什麼要透過胡爺爺呢？

因為胡爺爺不僅能和鬼溝通，還能與神明對話，用常見的詞彙來說，他是「乩身」。但是他的這項能力，只有很親近的家人才知曉，平素他去廟裡就像尋常人一樣燒香拜拜，外人根本看不出來他拿香對著神明喃喃念著，不是在祈求，而是在「話家常」。

也許是為了安慰媽媽，胡婷插嘴說：「媽，沒有關係啦，哥說他今天看見的那個鬼對他很好捏，還告訴他數學考卷哪裡寫錯了，叫哥哥改喔！」

什麼？

喔——!!

胡皓母子兩人同時大吼。

媽媽狠狠盯著胡皓：「你到底還有什麼事情沒有坦白的？給我老實說！」

胡皓癟癟嘴瞪著妹妹，他本來以為自己和妹妹都是同類，所以把今天在學校遇見鬼的事情先跟妹妹說，以為妹妹應該比媽媽更能理解他的感覺。然後等爸爸回家吃飯時，再當著全家的面公開討論，可是

他沒想到先是爸爸有事無法回家吃飯，接著他還在思考應該要怎麼跟媽媽講時，妹妹就先「爆雷」。

胡皓把今天的情景完全「招供」後，將盤子裡剩下的雞塊全掃進自己的碗裡：「剩下都是我的，不給你吃了！」

「明明說好都給我的！」妹妹伸出筷子想搶。

「誰叫你不守承諾！」胡皓把碗端走不給妹妹吃。

媽媽大吼一聲：「好了！都這種時候了還在想雞塊？」

看見媽媽是真的生氣了。兄妹倆趕緊乖乖吃完飯，幫忙收拾碗筷，各自躲回房裡寫功課。

直到深夜，胡警官才下班。

看見胡皓的媽媽面色凝重坐在客廳等他，他問：「怎麼了？胡皓的護身符掉了？」

「你怎麼知道？胡皓跟你說了？」

胡警官搖頭。

「沒有，只是直覺。」

「你的直覺真準。」胡皓的媽媽苦笑，把餐桌上的事一五一十告訴他。

「以前也不是沒有忘記戴護身符就出門的經驗，但是，不知道為什麼，我總覺得有些擔心。」

「先別想太多，我明天帶他去上學的時候陪他進教室看一下。」

「你又看不見！」胡皓的媽媽嗔他一眼。

「雖然看不見，不過可以感覺得出來！」胡警官安撫胡皓的媽媽，要她不用那麼緊張。

「如果那個鬼真的想害胡皓，還會跟胡皓講答案，跟胡皓說保重？」胡警官語重心長的說：「依我看，鬼並不可怕，人比鬼可怕多了。」

「今天怎麼特別有感觸，是，又有新案子？」

「沒有！警察當久了，難免會產生這種想法。」胡警官輕描淡寫帶過。

胡皓媽媽明白胡警官不願多說，身為資深警眷的她敏銳的閉上嘴沒再追問，靜靜的整理桌上的消夜走進廚房。

胡警官起身走到陽台環抱胳膊，目光順著樓下的街道延伸而去。街道兩旁夜燈燦爛，路的遠端有座橋，穿過橋，向右轉，經過兩片大草皮、一座小樹林，一棟暗橘色的建築物矗立前方，那兒就是胡皓的學校。

不過這些景色都只是胡警官腦袋裡的想像。

深夜霧霾厚重，連近幾條巷弄的燈光都顯得有些朦朧，何況十里外被黑幕籠罩的學校？

4 憤怒與撒野

「同學們，打起精神來啊！」

站在生態池邊的美勞老師蘇晏佐興致高昂的喊著，他彈彈手指試圖引起同學們的注意：「來，看這邊！」

蘇老師拿起畫筆在紙上迅速按下幾筆，然後退後幾步瞇著眼睛看著自己的圖畫：「這就是莫內追求的光影變化啊！perfect！」他轉身看向大家，眼裡閃爍著對於學生回饋的渴求。

底下一片靜默，有同學甚至張嘴打了個大呵欠。蘇老師尷尬的轉著手裡的畫筆：「所以，大家都懂得怎麼畫了嗎？」

「懂！」眼看同學沒反應，胡皓忍不住出聲回應老師。

看見終於有人回應，蘇老師高興的擊掌，用極誇張的腔調高聲謝謝胡皓。

擔心蘇老師又要長篇大論，胡皓趕緊說：「老師，現在的光影正好適合我們模仿莫內，所以我們可以開始畫圖了嗎？」

這句話說的正對蘇老師的胃口，他緊急煞住將到嘴邊的話，改口說：「好，大家找地方各自坐下開始寫生，有問題隨時舉手！」

胡皓攜著畫板選了一個離生態池最遠，周圍全無樹蔭的位置坐下來開始打草稿。一會兒，子齊跑過來蹲在他旁邊。

「幹嘛選這裡？太陽那麼強！走啦，我們去那邊畫，我幫你留了

一個位置。」子齊指著生態池旁的楊樹：「那邊比較涼。」

胡皓頭也不抬的回答：「不用了，這裡比較好！」

「哪裡好？這裡都沒樹蔭，會熱喔！」子齊不死心的催促胡皓。

「不要。」胡皓斬釘截鐵的拒絕。

他很想叫子齊也過來坐在這兒畫畫比較不會「出事」，只是他能跟子齊說實話？

說，靠近生態池那邊雖然有樹蔭，但是，有個「老婆婆」在池邊看著大家，這會兒老婆婆正在池邊走來走去「欣賞」同學的畫作。

如果坐在那邊畫畫，胡皓沒辦法假裝老婆婆不存在，萬一被老婆婆發現他看得見鬼，說不定會引來不必要的困擾與麻煩，所以，他寧可坐遠些比較安全。

子齊見拉不動他，想想自己一個人在那畫圖沒人可以聊天，多無趣。兩相權衡之後，決定收拾畫具移到胡皓旁邊畫圖。

「好朋友，有難同當，有太陽一起晒！」子齊笑嘻嘻的解釋，邊拿起水彩用淡彩勾勒線條。他自幼學畫，習慣用淡色水彩打草稿。

胡皓看著子齊的圖畫面露欽羨，一會繼續用鉛筆打草稿。

「比較」會讓人心生不安，胡皓明白這個道理。人各有所長，子齊有畫畫的天賦，他有「見鬼」的天賦，所以他只要好好完成自己的作品，不必在意別人的風景。

他愉快的畫下最後一筆草稿，準備上色。

蘇老師走到他身後看見他的構圖，愣了幾秒，親切的問：「胡皓，你畫的是操場啊，這個角度很特別哩。」

他轉身彎腰看子齊的圖畫。

「嗯！顏子齊，濃淡相間層次有別的綠，生動的表現出光與影的對比，不錯不錯，如果可以再加上幾個人做為點綴，畫面會更活潑喲！」

蘇老師熱絡的指導子齊添加幾個人影，師生兩人對著楊樹附近的景物比劃，雖然對方是老師，但是子齊對如何呈現畫面有自己的看法。胡皓在旁聽著，忍不住也順著他們的目光看過去。

這一看，他頓時打了個冷顫，因為，池邊的老婆婆正巧也朝這兒望。

胡皓鎮定的調開眼睛的焦距，假裝在觀察光影，拿起水彩筆煞有介事的在空中畫圈圈。

老婆婆朝胡皓這兒望了一會，又看看左右，遲疑了幾秒，往胡皓這兒走過來。

糟了！胡皓暗叫不妙：被老婆婆發現了嗎？

別緊張也不要看，慢慢低下頭來，繼續畫圖。

有「聲音」在胡皓耳邊低語。

胡皓感覺寒意靠近後又漂離，一抹淺藍色身影從身邊經過，緩緩往老婆婆那兒迎去。

初秋午後涼風徐徐，風兒在空中翻飛，偶有幾聲鳥鳴掠過，三三兩兩坐在池邊寫生的同學小聲的交談，任何一個平凡人看過去，都會覺得眼前是一幅極為優美平靜的畫面。

只有胡皓看見這幅寧謐畫面中央，正在上演一場鬼與鬼的衝突。

老婆婆雖然年紀頗大但是音量一點也不顯蒼老，她中氣十足的嚷著：「為什麼我不能在這裡散步，這裡以前是我的地咧。」

「她」雙手插腰，聲音也不小：「更久以前，這裡還是山鬼的地呢！阿桑，我記得『管區』有跟您講過，白天學生在上課的時候，請您不要在校園裡逛來逛去，萬一嚇到八字比較輕的孩子，不好！」

聽到「管區」兩個字，老婆婆有些畏怯，但仍硬著口氣辯解：「我哪有嚇人，我剛剛只是好奇，想看看他們把我的這塊池塘畫成甚麼樣子而已！」

「她」了解老婆婆只是太寂寞了，想沾點人氣熱鬧熱鬧，因此也放軟語氣：「那麼等學生畫好圖畫，裝框掛在學生藝廊之後，你再去藝廊看啊！」

「我腳不好不想走那麼遠！」

「她」溫言軟語的哄著：「我陪你慢慢走嘛！走啦！我陪你走回家！別在這裡吵小朋友畫畫。」

「他們又聽不見！」說到這，老婆婆像是想起什麼似的又往胡皓這看了看。

胡皓感覺背後寒意襲來，但是他強裝若無其事，擠出顏料調色塗抹草地。

幸好，「她」不留痕跡的攬著老婆婆的肩膀：「好好好，管他們聽不聽得見，你知道我們老師就是喜歡上課安安靜靜的嘛！」

「她」和老婆婆往生態池旁邊的小門慢慢走去，消失在草徑之外。

老師？她是老師？

胡皓有些驚訝，他完全沒猜到昨天那個「她」的身分竟然是「老師」？

怪不得一眼就能看出他數學哪裡寫錯了，還稱呼他「孩子」，胡皓原先還以為她故意裝老成呢！

但，她說她是「死在這裡」，胡皓不記得有老師曾經死在學校裡面呀？如果真的有這回事，那麼應該是發生在他入學之前。因為念小學以前，他們住在城市的另一頭，後來隨著爸爸調動，全家才搬來這裡居住、就學。

「哇！胡皓，不錯喔，紅色的草地！」蘇老師突然誇張的大喊，正在沉思的胡皓嚇了一大跳，手裡的水彩筆用力一撇，在大腿上留下一抹紅色的痕跡。

蘇老師像是發現名作似的激動指著他的圖畫：「用色大膽，尤其是這幾筆赤焰般的草叢，感覺像是壓抑的憤怒終於被放出來撒野！多麼濃烈的情感表現啊！」

他退遠幾步，捏著下巴看看子齊的圖畫又看看胡皓的圖畫，用一種貌似名師出高徒般極為滿意的表情說：「你們兩個都很棒！」說完還特意豎起兩隻大拇指再次強調，才心滿意足的到別處巡視其他學生的作品。

胡皓凝視著自己剛剛無意識塗抹，看來怵目驚心的紅色草地，他問子齊：「你真的覺得這片紅色草地像撒野的憤怒？」

「藝術家的眼光本來就不太一樣。」子齊語帶嘲諷的說，他對剛才蘇老師硬是添加在他圖畫上的幾筆人物仍然有些不舒服。

「喔？那顏大師以你的眼光來看，你覺得我的紅色草地有什麼不一樣？」胡皓知道子齊心裡不舒服，故意逗他。

豈料子齊聽了之後，不僅沒有像往常一樣哈哈大笑裝模作樣回應，反而放下畫筆，嚴肅的看著胡皓。

「我覺得你的圖畫確實很不一樣，不只是圖畫，還有你，昨天考完數學以後你就怪怪的。早上也是，你桌上攤著一本書，好像在看，但是根本沒有翻頁，眼睛還不時往旁邊瞄，像是在偷看什麼……」他伸手搭住胡皓的肩膀，湊近，眼睛上上下下掃描：「你是數學考差了，還是……，吼……!!」

子齊雙手摀著臉，嘴巴張成一個O，睜圓的雙眼不敢相信的往生態池旁邊望去。

蘇老師正在生態池那兒巡視，班上的女孩子們對年輕的男老師向來口無遮攔，這會不知道又說了什麼，眾人笑得東倒西歪，只有汪茗茗安安靜靜的坐在一旁畫圖，沒有加入大家的談笑。不知是否察覺到子齊以及胡皓的注視，她把水彩筆置入水桶清洗，抬頭對二人拋來一個友善的笑容。

她對著胡皓指指自己的脖子，胡皓哦了一聲，下意識抓抓昨天破皮的地方，然後搖搖手再比了一個ok的手勢表示自己的脖子已經沒問題了。汪茗茗點點頭然後繼續作畫。

看著兩人一來一往流暢的「問答」，子齊更加確定自己的猜測沒錯，他用力往胡皓肩上一拍，語氣顯得異常興奮：「你果然情感濃烈啊，啊哈，一定是昨天那罐愛情魔藥的作用！」

什麼愛情魔藥？胡皓起初不明白子齊在說什麼，待看到他曖昧的指指汪茗茗又戳戳他的脖子，然後摀著嘴吃吃笑不停，他才明白，子齊竟然以為胡皓怪裡怪氣是因為汪茗茗。

「拜託，你在想什麼亂七八糟的東西啊？」胡皓脹紅著臉一拳捶

向子齊，子齊往後一躺再順勢往旁邊草坪滾，雙手雙腳向鼓槌似的不停敲打著草地邊放聲大笑。這麼一陣騷動把大家的注意力全引向他們兩人。

知道汪茗茗也朝著這兒望，子齊一個翻身一會兒對胡皓比手勢一會兒作勢要叫汪茗茗過來，胡皓急忙跳上去摀住他的嘴巴，兩人在草地上打鬧起來，結果，樂極生悲，撞翻水桶，整桶洗筆水潑在胡皓的制服上，白色的制服瞬間暈染出一朵碗公大的淡紅色花朵。

胡皓和子齊愣了愣，異口同聲的說：「真是撒野的憤怒啊！」語畢兩人又是一陣大笑。

胡皓緊繃的情緒隨著笑聲逐漸鬆弛，暫時忘了有關「老師」的疑問。

5 偷聽到的怒吼

雖然還有一節課就放學了，但是冬天穿著溼淋淋的衣服很不舒服，所以胡皓還是到三樓輔導室去借衣服替換。

辦公室裡的輔導老師邊講電話邊問胡皓的來意，胡皓表明來意說想借衣服替換，輔導老師指著隔壁教室要胡皓自己過去找。

隔壁教室用木板隔成三個空間，一進門的茶几桌椅是諮商區，隔音板圍起來的小房間是遊戲治療室，另一扇門打開後是一條約一公尺寬的狹長空間，裡面堆放的是輔導室的雜物。

放替換衣服的整理抽屜立在諮商區旁，胡皓懶得開燈，索性就著外面的光線拉開抽屜，他翻出一件運動服在身上比了比，感覺好像可以穿，就脫下制服準備換上。

方才的洗筆水不僅弄溼了制服，連裡邊的衛生衣也溼了，胡皓心想乾脆連衛生衣一起脫掉，反正運動服夠厚，只穿一件應該不要緊。他本想就地脫衛生衣，但是覺得有些怪怪的，於是看看四周，沒有多想就打開右手邊的小門走進雜物間。

雜物間裡堆著好幾大袋用黑色垃圾袋包著的雜物，裡面灰塵很多，他忍不住打了個噴嚏，脫下衛生衣正準備套上運動服時，突然聽見有腳步聲靠近。胡皓嚇了一跳，差點跌在黑色垃圾袋上。

「坐下！」

寧靜

是輔導室的陳主任。

沒有動靜！

「叫你們兩個坐下沒聽到嗎？」

陳主任動怒，接著傳來推擠聲，然後是兩聲悶哼。

「吼，主任你推我，我要告你體罰！」

這個聲音，不是隔壁班的黃念文嗎？

胡皓心想：黃念文一定又調皮了。

黃念文是胡皓中年級的同班同學。黃念文有張白淨秀氣的臉孔，個子瘦小，以及與身材極不相襯的粗大嗓門，常常一出口就是連串的髒話。調皮搗蛋的他常常把老師氣得火冒三丈，不過胡皓認為他並不是惡霸，因為他從不欺負同學，有時候還會阻止高年級的學長霸凌學弟妹。胡皓覺得黃念文就像《水滸傳》裡的草莽，是一個粗魯的俠客。

「我哪有推你，我是叫你坐下！再囉嗦我就叫警察來！」

哼！

鼻子重重哼氣。碰、碰、前後一大一小兩聲落坐沙發。

胡皓猜想比較用力坐下的那個應該是黃念文，至於另一個，可能是黃念文的好搭檔，那個牙齒外暴長得很像馬的彭允太。他們兩人常常連手惡作劇，是學務處的「常客」。

所以，這次調皮鬼二人組又連手做了什麼？怎麼會被「請到」輔導室來，不是應該去學務處嗎？胡皓覺得有些納悶。

「這個是誰弄的？」陳主任似乎是拿出某個東西要他們辨認。

嘴吃吃的曖昧笑聲響起。

黃念文邊笑邊回答：「不知道！」

「說謊！我中午明明看見你們在校長室外面鬼鬼祟祟的，不是你們是誰？」

「我們兩個是去幫忙掃廁所的啊！」

又是一陣曖昧的吃吃笑聲。

「對啊，我們只是想把廁所的馬桶刷乾淨而已啊！」黃念文說。

不知道是哪個字詞啟動了爆笑開關，一說完這句話，黃念文兩人再也壓抑不住，瞬間哈哈大笑。

陳主任也壓抑不住她的怒氣了，她爆炸似的大喊一聲：「胡鬧！」

「你們，你們差點闖禍知不知道，還嘻嘻哈哈開玩笑！我看我還是叫警察來好了！」

笑聲愕然止住。

一會兒，陳主任問：「這個紅紅的是什麼？」

沒有回應！

陳主任提高音量：「不說我叫警察喔！」

「是廣告顏料啦！」黃念文說。

「只有廣告顏料？」

又是靜默。

接著，胡皓聽見彭允太的聲音。

「還有辣椒。」

嗄！陳主任大聲嚷著，二次爆炸了。

「你、你們兩個，怎麼那麼惡劣，你們難道不知道那樣做會有什麼後果嗎？到底有沒有長腦子啊你們！」陳主任氣得連聲音都在抖，接著，啪的一聲像是手掌拍擊什麼的聲音。

是被打了嗎？胡皓猜。

果然，緊接著他聽見粗重的喘氣聲，夾雜著哽咽。

「我就是不爽啦！憑什麼我們學生用那麼爛的廁所，校長就可以用免治馬桶？學校裡的設備不是學生家長交錢蓋的嗎，應該以我們學生為優先啊？」黃念文像是豁出去似的大喊，一旁彭允太嗚嗚咽咽似是在啜泣。

胡皓聽見陳主任發出驚訝至極的吸氣聲，然後以快速的語調解釋：「校長室的廁所是家長會捐的，跟你們爸爸媽媽一點關係也沒

有。再說，黃念文你的營養午餐、學雜費都是學校幫你申請補助的，你媽一毛錢都沒繳過，哪裡來的錢給學校蓋設備？」

語畢，一片靜悄悄。

一會兒，胡皓聽見黃念文突然發出一聲像是野獸的吼叫，他大罵一聲髒話，然後砰的一聲甩門自行離去。

彭允太再次啜泣了起來。

又過了好半晌，胡皓聽見陳主任有氣無力的說著：「算了，你也回去吧！這次就原諒你們，以後不要再犯了。」

待彭允太也離開後，胡皓聽見陳主任拿起分機打電話：

「喂，三年四班嗎？賴老師，不好意思，我是陳主任，我下午突然身體不舒服，……，嗯，看過醫生，現在好多了，我想把剛剛的課調到明天早上，好嗎？……，好，謝謝你喔！」

打完電話後，陳主任也離開諮商室。胡皓聽見她的高跟鞋聲音一高一低，喀叩喀叩的，心裡想：不知道陳主任的身體怎麼了，連走路都一跛一跛的。

又多等了一會，胡皓悄悄步出雜物間快步走回教室。

一路上，剛剛黃念文那段「抗議」仍不斷在腦中迴盪：

校長室竟然有免治馬桶？真好！胡皓想起骯髒溼黏的廁所地板和經常因阻塞發出異味的小便斗和馬桶，忍不住皺眉。幸好他衛生習慣很好，一早起床就先把肚子清乾淨，很少在學校蹲馬桶，所以尚能忍受廁所的臭味。

不過他記得曾經意外聽到班上女生抱怨生理期來時上廁所很不方

便，聽女生說離他們教室最近的那間廁所，有好幾間的門鎖已經壞很久了卻一直沒修，所以女孩子們時常結伴一起去上廁所，互相幫忙拉著門把以免走光。

不知道黃念文那兩個傢伙對校長的免治馬桶做了什麼？胡皓想著剛才聽到的句子，忍不住自行在腦袋裡面勾勒出各種駭人的畫面。

6 憤怒開始撒野

最後一節課上課上到一半，外面傳來吵吵嚷嚷的爭執聲。

大家忍不住向外張望，劉老師敲敲黑板斥責大家：「沒聽過管寧割席的故事嗎？一點點風吹草動就分心！」

老師指的是管寧與華歆的故事。華歆貪看地上的黃金和路過的馬車，管寧因此覺得這個朋友貪慕錢財重視名利，於是割斷兩人同坐的草席以示絕交。

這則典故大家都很熟悉，有時候吵架時，還會故意用尺在彼此之

間作勢切出一條分界線，表示「割席斷交」。

不過胡皓對這個故事有不同的看法，他張嘴想要辯解，但是卻又不想讓劉老師難堪。

劉老師看見胡皓望著自己好像是有話要說，不待他舉手就點他名字：「胡皓，你有意見？」

胡皓略為遲疑，決定坦然說出自己的想法：「管寧割席之後繼續讀書，但是華歆日後卻成為朝廷的要員，他不但為官清廉為百姓謀福利，還向朝廷推薦管寧，完全不在意曾被管寧看不起過。他們兩人比較起來，管寧太小題大作，有潔癖，不像華歆那麼寬容大度。」

看劉老師不僅沒有生氣而且頻頻點頭表示贊同，胡皓覺得受到鼓勵，繼續侃侃發表：「管寧覺得自己有風骨，以當隱士為榮，嫌朝廷黑暗不屑做官，可是如果人人都像管寧，那朝廷豈不是永遠黑暗無光？越是骯髒的環境，越不能只想著潔身自愛，想要轉動宇宙的輪軸，就不要怕弄髒自己的手！」

最後一句話是胡皓從爸爸那兒學來的。不知為何，此時他覺得這句話用來詮釋在魏國為官的華歆，非常貼切。

隨著胡皓的言論，劉老師的表情從讚賞逐漸轉為凝重、嚴肅再到若有所思，怔怔的看著胡皓。胡皓感覺劉老師的視線雖然對著他，但是好像穿過他，目光落在某個大家都看不見的地方。

半晌，劉老師猶如夢囈似的輕輕吐出一句英文。

「Do I dare disturb the universe!」

與此同時，胡皓聽見背後傳來同樣的一句話語。

Do I dare disturb the universe!

他頸部的寒毛全豎了起來，那股熟悉的冷意再度靠近，不用轉身他已能明白，另一個「老師」不知道何時也悄然走進教室。

教室外面的吵嚷聲越來越大，甚至還有髒話、咆哮與怒吼。坐在最旁邊的同學有幾個已經按捺不住探出頭去查看。

啊！

其中一個同學慌張的回過頭來大喊：「黃念文站在欄杆上面好像要往下跳！」

劉老師臉上血色褪去，丟下課本往教室外面衝。

全班嗡嗡嗡的鬧成一團，有人跟著衝出去，有人擠在窗邊、門口，有人嚇傻了，有人嚷著趕快打電話報警。

報警！對！快叫警察來！

胡皓拿出手機下意識的撥了爸爸的電話。

該電話忙線中，請稍後再撥……

胡皓重新撥號……

嘟、嘟、嘟……，

耳畔又傳來剛才那句英文：

Do you dare disturb the universe?

孩子，撼動宇宙輪軸的機會來了，只是，你敢弄髒你的手嗎？

「老師」的聲音在空氣中虛渺的飄著，順著胡皓的呼吸流進他的心肺，他感覺寒意迅速消褪，代之而起的是融融熱氣，「老師」的話語隨著熱氣滲進他逐漸沸騰的血液，他覺得心臟彷彿受不了被滾燙的血液包圍似的瘋狂的跳動著。

一瞬間，他似是要掙脫這炙人的熱似的，往外走去。

7 抓狂的野獸

因為減班的關係，所以學校後棟四樓教室全部空著無人上課，為了方便管理，學校把後棟四樓教室全都上鎖，原本位在那兒的圖書館遷至前棟四樓西側的三間教室。前棟四樓東側從旁邊依序是廁所、六年三班、六年四班，以及校史室和檔案室。

星期五下午，中低年級上半天課，學校只剩下高年級，是故人聲稍歇，尤其是僅剩兩班六年級上課的四樓，向來是安安靜靜直到放學。

但是，今天下午最後一節課，因為一樁意外，四樓像炸開的燜燒鍋，吵鬧、哭喊，各種不安的聲音紊亂嘈雜，人心也隨之慌惶焦躁。

三班的黃念文抱著教室外面東側最邊邊的大柱子不肯下來，也不讓人接近。

他嚷著：「誰再靠進一步，我就往下跳。」白白淨淨的臉脹成一顆熟透的，被

用力擠壓過的番茄，臉上扭曲的線條反射著水光，不知道是眼淚還是鼻涕。

劉老師和他們班的導師怡嘉老師站在離他最近的地方。

怡嘉老師嘶啞的嗓子像是被嚇壞似的：「念文，老師相信你，你先下來好嗎？」

「黃念文，你下來再說，敏菁老師也會幫你。」

劉老師伸著手熱切的期待黃念文亦能給予回應。

但黃念文像是一隻崩潰的野獸般猛烈的搖著頭，他站在欄杆上，嗚咽聲伴隨著破破碎碎的句子，聽不清楚想表達什麼，但是從嘴中不時迸發的四聲字詞可以感覺到他非常憤怒，以及害怕。

學務處的張主任是所有主任中和黃念文最熟的，他站在兩個老師後面伸手想安撫黃念文：「黃念文，有話好好說嘛，主任會幫你處理啊！」

「你處理個屁！」黃念文朝他大吼：「剛剛就是你先罵我是流氓說要報警的！」

張主任耳根發熱，手僵在半空中不知道該放下還是繼續舉著，過了幾秒繼續勸道：「主任只是說說罷了，好，算主任說錯話，主任道

歉，你先下來吧！」

六年三班的學生被學務處的老師們擋在教室裡面，只能從窗戶探出身子關心黃念文，好幾個同學不斷啜泣。

胡皓悄悄溜近六年三班的後門，看見六年三班的班長薛宥丞，上前搭肩問：「怎麼會這樣？」

薛宥丞與胡皓是英文補習班的同學，他一臉嚴峻：「黃念文惡作劇過頭，闖下大禍了！」

闖下大禍？闖什麼禍？

胡皓不解，繼續追問。

薛宥丞看看左右，然後把胡皓拉到角落，掏出口袋裡的紙片遞給胡皓：「你看！」

紙片來自某張列印照片的一角，畫面似是碎裂的馬桶蓋，馬桶蓋上還有紅色的髒汙。

薛宥丞解釋：「剛剛張主任來叫黃念文和彭允太出去，說有事情要問他們。」

胡皓打斷薛宥丞：「不是陳主任找他們嗎？怎麼變成是張主任？」

薛宥丞搖頭：「不是陳主任，是張主任，我看見張主任從上衣口袋掏出一張紙拿給怡嘉老師，怡嘉老師看了一眼就對黃念文說，是你做的？黃念文湊上去看了看，就好像嚇到一樣突然罵起髒話，還指著張主任喊說騙人、說謊、我沒有。說著就用力搶下怡嘉老師手裡那張紙撕碎。張主任生氣的大吼，以為撕破了我就沒證據了嗎？還罵他小流氓，說要叫警察來處理，然後就推開怡嘉老師上前抓住黃念文。黃念文用力推張主任，接著繞過怡嘉老師跑到柱子邊，然後，」薛宥丞兩手一攤搖搖頭：「就是外面現在的情況。」

「那這張紙是……？」

「這是我趁學務處的老師還沒上來時，偷跑到外面去撿的，喏，還有這幾張也是，剩下的來不及撿，應該還在走廊上。」

兩人望向走廊，同時間，教務處的林主任領著警察和黃念文的母親走上樓。

「出去看看！」他們趁著學務處的老師不注意時，從教室另一側走廊偷偷溜到轉角察看狀況。

黃念文此時背對著兩人抱著柱子，眼睛望著朝自己走來的媽媽，沒有發現胡皓和薛宥丞兩人靠近。

黃念文的母親看見自己的兒子站在欄杆上，雖然她寡居多年練就一身強悍，仍然嚇得腿軟，她勉強撐著搖搖晃晃的身子往前走近，仰頭看著兒子：「阿文，趕快下來。男子漢大丈夫，做錯事就承認，不要哭哭啼啼說要跳樓，這樣不好！」

黃念文對著母親咆哮：「我沒有做為什麼要承認，是他們誣賴我，我沒有、我沒有、我沒有！」

「有沒有，下來再說！趕快下來，有媽媽在這裡，老師會聽你說！」

看黃念文聲嘶力竭憤怒至極的模樣，黃媽媽有點詫異，自己的兒子雖然調皮，但是從不逃避錯誤，也從未有過這麼暴烈的舉動。她回過頭對林主任投以困惑的眼神。

林主任見狀，急忙上前：「黃念文，你聽媽媽的話，先下來，警

察也來了，我們會把事情的真相弄清楚，不會隨便誣賴人。」

黃念文看見警察，先是一驚，然後情緒失控般埋頭大哭：「不是我不是我，我沒有做那些事情……，是你們騙人……是你們……」

此時，胡皓見機不可失，一個箭步衝上前攔腰抱住黃念文用力一拽，兩人重心不穩同時往後摔，黃念文瘦小的身軀壓在胡皓身上，周圍的人見狀急忙撲上前幫忙制住黃念文。

黃念文的母親緊緊抱住不停扭動嘶吼的兒子，劉老師和怡嘉老師則是扶起胡皓，問他有沒有怎麼樣。胡皓搖頭說自己沒事，看著被母親擁在懷裡哭泣的黃念文。

「沒事了、沒事了，大家下來校長室坐著談吧！」

不知道什麼時候出現的石校長拍拍黃媽媽的肩膀，語氣和藹，嘴上的紅色唇膏格外顯眼，好像才剛補完妝。

站在校長身後的總務主任黃主任也上前安撫大家，他拍拍張主任的肩膀：「辛苦了！」又對著林主任說：「還好沒事，咦？」黃主任指著林主任的手：「怎麼，手受傷了？」

林主任解釋：「我下午第一節課送公文進校長室，聽到裡面好像有水聲，走進去一看，發現馬桶蓋被砸壞了，紅色的不知名液體濺得四處都是。我起先以為是血，摸了以後又感覺不像，我心想也不知道是誰弄壞的，所以就先拍照，然後把照片傳給張主任請他去調查。接著我趕緊動手清理，怕下午打掃時間學生進來會嚇到。大概是我太緊張了，所以清理的時候被馬桶蓋的碎片割傷，護士幫我處理過傷口了，說沒事。」林主任這番彷彿演練過數回的解釋，聽起來既流利又合理，其他同事也都點頭表示他處理得宜。

但是一旁的警察聽了可不這麼認為，他說道：「林主任，你這樣做是破壞現場，我們警察就沒辦法蒐證了！」

一聽到警察說要蒐證，大家頓時又緊張了起來。

石校長語氣尖銳的問：「為什麼要蒐證？又沒有人犯法。」

此時，一個一直默默站在稍遠處的男人也走上前，這名穿西裝打領帶，看起來頗有派頭的男人掏出名片遞給警察：「是啊，警察先生，您好，我姓鄭，是學校的家長會長，這是我名片，勞駕您出動，不好意思，我想，這應該是一場誤會吧！學生嘛，難免調皮，石校長，您說是吧？」男人徵詢校長的意見。

石校長連忙恢復和藹的笑容：「不好意思，我是擔心學生，所以語氣急了些，警察先生，我們先到校長室坐一坐，喝喝茶吧！」她眼神凌厲的掃了四周問：「怎麼沒有看見陳主任？」

「她身體不舒服，請假！」林主任解釋。

「哼，又不舒服？那好吧，林主任、張主任，這裡就交給你們兩個處理了。」

校長說完，和總務主任、鄭會長帶著警察一起離開。臨走前她像是想起什麼似的回頭望著胡皓，她有些困惑，不明白為什麼這個學生會突然衝出來化解衝突。但是她的疑惑一閃而逝，轉身以既像是叮囑又似乎是別有含意的語氣對胡皓身旁的劉老師和怡嘉老師說：「你們兩個要多辛苦一下，務必要安撫學生。不要讓學生回家傳遞錯誤的訊息給家長。」

校長走後，林主任和張主任也陪著黃念文母子下去樓下的辦公室。

這場衝突隨著眾人的離開，算是暫時落幕了。

眾人一走，怡嘉老師忽然腿一軟，蹲在地上把頭埋進雙臂久久不出聲。

劉老師面色疲憊的拍拍怡嘉老師的背：「先把學生安頓好，其他都不要想太多。」

怡嘉老師紅著眼眶抬起頭來，嘴裡囁嚅著好像有話想說，過了一會，她嘴一抿，猛然起身走進教室。

劉老師搖搖頭，接著以無法理解的眼神看著胡皓，她本想問胡皓為什麼會突然衝出來，但又想到眼前還有更重要的事情必須先做，於是她揮揮手，改口叫胡皓一起回教室。

胡皓點頭說好，跟著劉老師走了幾步，又藉故說想上廁所轉身往廁所走。

他快速溜進廁所，心底數了三秒然後走出來，一邊回教室，眼睛一邊逡巡走廊地下，發現小紙片就迅速矮身撿起來。

此時六年三班和六年四班兩班的學生們還沉浸在震驚當中，他們的目光全在自己班的導師身上，企盼師長說些什麼安定他們的驚慌與不安，因此，除了薛宥丞之外，只有「老師」，看見胡皓在做什麼。

8 馬桶拼圖

看見爸爸出現在校門口，胡皓略微驚呀，爾後隨即想起，自己剛才連續打了兩通電話給爸爸，難怪他一臉著急的出現在眼前。

「怎麼了？」

胡皓把最後一節課發生的事情簡略的告訴爸爸。胡警官聽了之後竟沒有發表意見而是沉默不語。胡皓心裡也有其他想法冒出來，因此也沒有問爸爸的看法。

胡警官帶胡皓先去買便當，接著送他到英文補習班，叮嚀胡皓：

「補習結束後，媽媽會來接你和妹妹一起回爺爺家。爸爸今天晚上要值班，沒辦法陪你們回去。」

胡皓點點頭。

胡警官捏捏兒子的肩膀：「認真上課，不要偷看女生啊！」

「才不會！」

胡皓笑著跟爸爸說再見，轉身走進補習班大樓。

一會兒，胡皓、薛宥丞，還有子齊三人下樓，往旁邊的便利超商走去。

三人買好飲料零食後坐下，子齊立刻發問：「胡皓！你今天真的很奇怪，還跑出去救人？汪茗茗那罐萬用油好像真的有魔力，竟然讓你個性大轉變，從冷靜的胡皓變成衝動的胡皓。」

「胡扯！我本來就是外冷內熱，當這麼久的好朋友了，你不知道？」

胡皓邊說邊想：子齊說是因為萬用油，的確歪打正著說對了。確實是因為萬用油產生的蝴蝶效應，才會讓他看見「老師」、聽見那句話「Do I dare disturb the universe.」，然後才像著魔似的跑出去。

子齊吃了一片洋芋片後繼續說道：「看來我也應該跟汪茗茗要一罐萬用油。」

胡皓白他一眼：「幹嘛？你還嫌自己不夠衝動？」

一旁靜靜看著兩人抬槓的薛宥丞聽了忍不住笑了出來。

子齊皺皺鼻子，疑惑的看著薛宥丞：「胡皓他是因為萬用油所以性情大逆轉，那你呢，薛宥丞，全六年級女生的白馬王子，文質彬彬的班長殿下？」

薛宥丞不好意思的笑說：

「我哪有像你說的那麼誇張。我想，可能我也是一個外冷內熱的人吧！下午看見胡皓像團火似地走進教室找我商量黃念文的事情，說著說著，不知道為什麼，我腦袋一熱，就跟出去了。」

「所以，薛宥丞的冰山是被胡皓融化的，那胡皓的冰山是因為汪茗茗的萬用油燒起來的囉？」

「又在胡扯，明明就是你老在我旁邊放火，一天到晚慫恿我要做些熱血沸騰的事。」為了制止子齊過度聯想，也為了懸在心中的謎題，胡皓制止子齊往下說，他對薛宥丞使了使眼色，兩人同時掏出口袋裡的紙片。

「你們兩個在幹嘛？」

胡皓兩人沒有回答，繼續拼湊桌上的紙片。

子齊在旁邊默默看了幾秒，慢慢明白怎麼一回事。

原來他們兩個在拼「廁所拼圖」。

下午和黃念文母子談過話後，張主任和林主任特地上樓集合六年三班和六年四班兩班學生，他們告訴學生，說黃念文和彭允太中午路過校長室，看見裡面沒人，於是臨時起意闖入破壞校長室裡面的廁所，結果被主任發現了，主任把「犯案現場」列印出來拿給黃念文看要他承認犯行，黃念文怕被處罰，一時情急撕破那張照片，接著就情緒失控做出了跳樓的危險舉動。

胡皓和薛宥丞現在手裡拼的那些碎紙片就是被黃念文撕破的照片。

「你們兩個怎麼會想到要把這些碎紙撿回來拼拼圖，難道你們對校長室的廁所很感興趣？」

胡皓搖頭，放下最後一塊「拼圖」：「我只是覺得有些地方不合理！」

三人凝視著這張仍然有些小缺損的照片。雖然照片不完整，但是依然能看出廁所被破壞後的模樣：布滿紅色髒汙的破裂馬桶蓋應是被用力砸破，馬桶內壁一條一條紅色小血管似的細流交錯。有一塊斷裂

的馬桶蓋掉在地上，白色的地磚散布著白色瓷片、碎屑。紅色髒汙順著馬桶座流下來，在馬桶座側邊留下鮮紅的痕跡，看起來有些可怕。地板與壁磚紅色液體四濺，乍看之下好像發生什麼慘劇似的。

「這些紅紅的是什麼，看起來好噁心，是黃念文的血嗎？」子齊露出好像有人碾壓著他的臉的扭曲表情有些害怕的問。

「不是血，是紅色的顏料。」

「你怎麼知道的？」

「因為今天下午的寫生課，所以我現在對『紅色顏料』非常熟悉。」胡皓挑眉，隨口謅了一個理由。

基於某種考量，他暫時不想透露在輔導室偷聽到的對話。他想他能理解黃念文離開輔導室前那一聲怒吼隱含的情緒，他突然覺得蘇老師那句「撒野的憤怒」恰好歪打正著的詮釋了黃念文後來的危險舉動。

「你是在笑還是在哭啊？怎麼嘴扭曲成那樣。」子齊咂咂嘴，俯身向前壓低聲音問：「這張照片裡的廁所該不會是黃念文搞的鬼吧……」

「從張主任的話來判斷，似乎是這樣沒錯！」薛宥丞說。

子齊歪著頭像是自言自語的說：「可是，很奇怪耶，他們怎麼會想要去校長室搞鬼？校長應該沒有惹到他們吧！他們要惡作劇，應該是要針對張主任，或者是學務處其他的老師啊？」

「也許，是因為，他看不慣校長用免治馬桶？」

胡皓故意慢慢的、一字一句、小心翼翼的敘述自己的「猜測」。既然不能明說自己是親耳聽見黃念文這麼說的，只好拐個彎提示兩人往這個方向想。

「你的意思是，我們學生用的廁所很爛，而校長不僅一個人使用一間，用的還是高級的免治馬桶，所以他看不慣，故意破壞校長室的免治馬桶來發洩不滿。」子齊延伸胡皓的猜測如此推論。

胡皓點頭：「我是這麼『覺得』沒錯。」

子齊個性本來就比較叛逆，聽了胡皓的推論，他毫不掩飾自己對黃念文的讚賞，滿臉欽羨的模樣似是恨不得自己也摻一咖。

薛宥丞則是發出一聲情緒複雜的長嘆，眼裡閃著異樣的光芒。一直以來，他總是隨時提醒自己，要注意留給別人好印象，即便是不得不發表想法，他也盡量選擇中性的語詞，不希望別人覺得他EQ差。他把他的情緒用「好學生」、「好班長」的鐵殼壓在心底最深處。對黃念文那種出口成髒、調皮搗蛋的同學，他表面上雖然選擇不與為伍。但其實，他也很想、很想有那麼一天，自己可以像黃念文一樣放肆的撒潑、耍賴一回。

如今，這個愛講髒話、功課又那麼差的同學竟然有這麼激進的行動！薛宥丞不禁對黃念文的搗蛋行為心生嚮往，欽佩起他的「勇氣」來！

雖然成功的引導兩人察覺黃念文破壞免治馬桶的動機，但是胡皓還是覺得整件事情有些不合理。因為他記得自己在輔導室時聽到陳主任說：「你們差點闖禍」，但是這張照片顯示出來的卻是黃念文「確實闖下大禍」。

這兩句話的意思截然不同，依著這兩句話衍生的惡作劇等級、闖禍的程度，以及事後賠償的金額也不一樣，以黃念文那麼在意自己領補助的身分，表示他應該也很在意自己的家境，不會隨便為家裡增添不必要的負擔。

既然如此，他會為了抗議而破壞免治馬桶嗎？

免治馬桶不便宜，至少要四五萬，黃念文不可能為了洩憤而讓他媽媽賠那麼多錢吧？

還是他以為自己不會被抓到？他沒那麼天真。

或者，認為就算學校抓到他，也不能拿他怎樣？

既然如此，為什麼他被抓到後堅決不承認，還反應那麼大，嚷說要跳樓？

各種想法在胡皓腦袋中轉呀轉，不論胡皓怎麼想，都覺得整件惡作劇充滿解釋不通的地方。

「胡皓，你知道黃念文這種行為叫什麼？」子齊推著胡皓，雙手比出雙括號：「憤青！他這樣的舉動，叫做憤青，而且，是名符其實的『糞青』喔！」他越說越對自己的雙關語覺得自豪，於是呵呵呵得意的直笑。

三人當中只有胡皓明白子齊的笑點，他冷冷的白子齊一眼，潑他一桶冷水：「十二歲以下是兒童，不是青年，所以他不是憤青，應該是憤童、ㄊ、糞、童？糞、筒？」胡皓越說自己也覺得有些奇怪，忍不住尷尬的笑出來。

子齊聽了胡皓的「修正」，更是止不住的捧腹大笑，又是捶桌子又是跺腳，舉止非常誇張。薛宥丞過了一會才弄懂兩人在笑什麼，也不禁跟著微笑。

一樁原本看似悲壯的洩憤之舉，因三人無意的連結，竟急轉彎，變成了一齣滑稽、諷刺的悲喜劇。胡皓笑著笑著，驀地心裡感覺酸酸的，眼角悄然泛出淚意。

「哥！你怎麼沒有去補習？」

三人同時轉頭！

胡婷望著他們三人，露出「你完蛋了」的表情趾高氣昂的走過來：「哦，翹課在這裡聊天，我要跟媽媽說。」

「你自己不是也翹課？」胡皓毫不在乎的頂回去。

胡婷和他都在這棟大樓的樓上補英文，兩人同時段但是不同班，胡皓是高級班，胡婷是中級班。

胡婷對哥哥扮鬼臉：「我是有原因的好不好！」她轉頭對幾步外的女孩招招手：「Grace，過來啊！你不是和我哥他們同班！」

汪茗茗面帶羞怯好像很不好意思似的走過來，頭低低的打招呼：「嗨！」

一看見汪茗茗，子齊對胡皓拋了一個曖昧的眼神嘻嘻嘻的竊笑。

子齊莫名其妙的笑容讓汪茗茗的臉更紅了，她頭垂得更低，訥訥的站在原地不知所措。

胡婷勾住汪茗茗的手，對子齊凶惡的瞪過去：「顏子齊，你的臉是抽筋啊！別再吃洋芋片了，高油高鹽，小心，不要以為小孩子就不會中風啊！」說完她吐吐舌頭，拉著汪茗茗到超商另一側買東西。

「你妹好凶！」子齊對胡皓訴苦。

胡皓聳肩：「活該！誰叫你要亂想！」

「我哪有？」

胡婷在櫃台那兒朝胡皓高聲喊：「胡皓，我們錢不夠，幫我們付錢！」

胡皓站起來：「走吧！我們也該回去上後半節課了。」

另外兩人收拾桌上的東西，胡皓則走到櫃台邊幫妹妹結帳。

汪茗茗看見胡皓走過來，慌亂的把某項東西塞進店員給的紙袋

裡。

雖然才瞥一眼，但是胡皓隨即明白汪茗茗在藏什麼。他假裝看著櫃台旁邊的口香糖，取下一盒：「這個一起算！」

五人一起走進電梯，按下九樓。

等待上樓的途中，汪茗茗突然沒頭沒腦的冒出一句話：「我覺得他不會這樣做。」

汪茗茗臉色微紅，在眾人或訝異或關注的視線下，一字一句娓娓道來。

「黃念文的媽媽是幫忙做大樓清潔的，我們家那棟大樓也是她負責的。我每個星期六都會看見他和他媽媽一起來打掃。第一次看見他的時候，我和他都覺得有點不好意思，久了，習慣了，他就很自然的和我打招呼。他媽媽打掃清潔很賣力，他也是，常常叫他媽休息，說他一個人做就可以了。喔，這些是我聽我媽說的。我爸媽都知道他是我隔壁班的同學，有時候會多買一些點心要我拿給他。他每次都不肯拿，都是管理員伯伯硬塞給他的……，你們三個剛剛在桌上的那張『照片』，我看見了，還有，老師下午說的，我……，我覺得，」汪茗茗的聲音有些哽咽，她頓了頓，像是給自己信心似的，加重語氣說道：「我覺得，校長室的廁所，絕對不是他破壞的。」

九樓到了。

汪茗茗拉著胡婷的手彷彿是做了什麼不好意思的事情似的，搶先快步走出電梯。

「二比二！」胡皓對著呆愣在電梯的另外兩人比出手勢：「我也覺得，校長室的廁所，不是黃念文破壞的。」

9 有的動物比別的動物更平等？

星期一早修，大家談論的話題仍然圍繞著黃念文，以及校長室的廁所。

有人說黃念文以前就常情緒失控上演大暴走，有人說他家住在黃念文家附近，常聽見他媽媽罵他，有人因此推理，難怪他脾氣不好滿嘴髒話，原來是從媽媽身上學來的。也有人反駁說黃念文的媽媽其實性情溫和，是黃念文過世的爸爸把壞脾氣遺傳給黃念文。這些同學是從嫌犯的背景去推斷嫌犯為何做案。

而另一部分的同學則著墨他和校長的過節。他們認為一定是校長巡堂時抓到正在搗蛋的黃念文，狠狠罵他一頓，因此黃念文懷恨在心，才會去破壞校長室的廁所。這些同學屬於務實派，思考直接、沒有九彎八拐的心眼。

還有一部分同學，也是最少的一部分，他們不高聲討論，而是私底下遮遮掩掩的說。他們認為，黃念文破壞校長室的「免治馬桶」，是一種「基於公平正義的抗議」。這一小撮學生的主要發言者，是顏子齊。他表示，黃念文不選擇容易打破的玻璃窗、容易弄髒的皮沙發，特意選擇比較隱蔽的廁所，而且攻擊的目標鎖定「高級的免治馬桶」，就是因為他不滿為什麼校長一個人使用一間廁所，而且還用那麼高級的免治馬桶，而其他的老師和學生卻必須共同使用學校那幾間破爛不堪的洗手間。

當胡皓踏進教室的時候，子齊正坐在位子上，小聲的和汪茗茗以及幾個同學傳播自己的看法。胡皓經過他時，瞧見新來的同學黨存立一臉不以為然的反駁顏子齊：「林主任放學時不是有上來跟大家解釋過嗎？主任說這是臨時起意的惡作劇，並不是故意針對校長。」

「我沒說他針對校長，我是說他不滿校長室裡的高級廁所！」子齊刻意強調高級兩字。

「那是你少見多怪，以前我念的那間私校，校長室更豪華氣派。所謂的校長室，就像公司的董事長辦公室，經常要接待重要的貴賓，校長室的廁所也不是只給校長使用，還有那些貴賓們也會用到，所以當然要用比較高級的設備。」黨存立搬出董事長爸爸告訴他的話教訓他眼中的平凡上班族小孩顏子齊。

聽了黨存立的話，子齊氣得一愣，還未回嘴，胡皓就噗嗤笑出來。

「你笑什麼？」黨存立不爽的看著胡皓。

「沒什麼。只是你剛講的這些讓我想到《動物農莊》裡的一段話。」

「《動物農莊》，嘖，那什麼？童話故事嗎？拜託，都六年級了，成熟點，別再提童話故事！」黨存立輕蔑的說。

在一旁的子齊按捺不住脾氣即刻反唇相譏：「什麼童話故事，你才少見多怪不懂裝懂，《動物農莊》是一本反烏托邦小說，劉老師五年級時就帶我們讀過了。」

「那又怎麼樣？和我剛剛說的話有什麼關係？」黨存立惱怒的擺出凶惡的臉色。

「『所有的動物都是平等的，但是，有些動物比其他的動物更平等』，你剛才的『貴賓與高級廁所』讓我聯想到這句話。」胡皓溫和的解釋。

因為星期五的英雄表現，所以胡皓一進教室立刻就吸引了大部分同學的目光。因此，當他不疾不徐的回應黨存立時，不少同學紛紛露出讚美的表情稱許胡皓真是好風度。

刻意與子齊辯論的黨存立，其實本意是想誇耀自己的見識，盡快在新班級建立人脈，沒想到殺出胡皓奪走他的丰采，完全聽不懂胡皓引用的那句話裡頭隱含的諷刺意味，也不知該如何回應的他只能尷尬的晾在原地，臉上一陣青一陣白，拚命絞盡腦汁想說些什麼扳回一城。

最後，週會集合的鐘聲解救了他。

週會時，胡皓望向六年三班想看看黃念文目前如何？但是並沒有看見黃念文，而黃念文的跟班彭允太也沒有來。他傾身向前看了看站在三班前面的班長薛宥丞。

薛宥丞明白胡皓想問什麼，他搖頭，嘴巴無聲的說：「都請假，沒來！」

噢，原來是請假沒有來。也難怪，換做是自己，大概也會想請假不來上學吧！胡皓想。

台上的導護老師訓話完畢，接著學務處的張主任上台。一看見他走上台，六年三班和六年四班兩班學生立刻在底下竊竊私語，臉上散發著既像是期待又像是害怕的表情。

大家以為張主任終於要解釋星期五的「事件」了。

豈料張主任先是講解一段有關如何控制情緒的簡報，接著就開始播放有關情緒管理的影片給大家看。

「怎麼什麼都沒講，而是放這個給我們看？」子齊不解。

「怕有『模仿犯』。」胡皓悄聲說。

「什麼意思？」

胡皓瞄瞄劉老師，看她也專心的看著影片，於是繼續對子齊解釋：「第一種模仿犯是模仿黃念文跳樓。學校擔心講出來，萬一有人因為被罵或是情緒失控模仿黃念文跳樓，一不小心造成悲劇，後果會不堪設想，所以不能提。至於第二種模仿犯……」

「是什麼？」

「你自己想，跟你早上的看法有關。」

子齊想了想，恍然大悟：「怕有人模仿他再去破壞校長室。」

「沒錯。除了打掃，我們學生幾乎不太可能進校長室。平常也不會有人想到去校長室搗蛋，一來是因為校長和我們沒什麼關係，二來是因為大家對『校長』多少心懷敬畏。如今黃念文竟然敢破壞校長室的免治馬桶，他這樣做，是在挑釁學校的最高權威，也是在告訴大家，校長室不是禁地，校長，和我們大家一樣，也是一個需要使用馬桶的平凡人。」胡皓冷靜的分析。

「對，而且如果讓大家知道她自己使用那麼高級的免治馬桶，卻讓我們學生用爛廁所。嘖嘖，會引發『暴動』！」了解後的子齊故意誇張的說。

「管管你腦袋裡氾濫的『叛逆』小劇場吧！你以為同學都像你一樣愛看筒井哲也的漫畫，整天想著革命暴動嗎？」

「你自己還不是一樣，《動物農莊》、《一九八四》、還有《飢餓遊戲》，我猜劉老師五年級帶我們讀反烏托邦小說時列的那些書單，你應該都看過了吧！」

嗯。

有特殊體質的胡皓從小就愛看鬼故事，本來他對於那些冤死的鬼魂以及如何申冤平反的故事特別感興趣，後來逐漸迷上探討正義的推理小說，五年級時，劉老師上閱讀課，帶他們讀一系列的反烏托邦小說，從此他對於人類攸關善惡的抉擇有了更深刻的想法。而自幼學畫的子齊則只看漫畫，兩人閱讀的類型完全不同，但是喜好的作品題材都差不多。所以一冷一熱有著截然相反個性的兩人才會成為要好的朋友。

儘管明白學校為什麼採取這樣的安全作法，但是胡皓心裡頗不以為然。胡皓以為學校這麼做，表面上看起來是為了杜絕模仿以及保護當事人，但其實他們僅是保存了校長的顏面，至於黃念文，恐怕會因為學校故意遮遮掩掩而遭受更多的流言攻擊。

果然不久，胡皓的擔心成真。

第二節下課，子齊氣憤的告訴胡皓，說他剛才去樓下交作業時，聽見有人說黃念文是因為吸食毒品，才會跑進校長室大鬧，以及演出跳樓鬧劇。

「真是可惡，那些人根本不在現場，完全不知道真相，怎麼可以亂說？」子齊握著拳頭在空中揮舞。

「就算是身在現場，也不見得了解真相。」胡皓說。

薛宥丞附和：「沒錯，知道真相的，恐怕只有……」

「真正的犯人！」三人異口同聲。

「真正的犯人不就是黃念文嗎？」黨存立對於早上被胡皓和子齊「羞辱」一事耿耿於懷，整個上午的注意力一直放在他們兩人身上，想找機會扳回一城。這會兒看見他們幾人聚在一起，黨存立趕緊上前「比劃比劃」。

「你又來做什麼？喔，是來大便的吧？」子齊故意恍然大悟的看看旁邊的廁所。

「這間廁所是我們普通人上的，你是貴賓，要去二樓的校長室喔。」說著子齊故意拍拍自己的腦袋：「唉呀我怎麼忘了？校長室的免治馬桶壞了，哇，那你這個貴賓屁股沒地方大便耶？怎麼辦？只好忍住回家再大囉！」子齊唱做俱佳的表演讓黨存立氣得快要爆炸了。

他咬牙切齒的說：「顏子齊，你不要老愛耍嘴皮子，說不定破壞廁所這件事情你也有一份，不然為什麼一直替黃念文那種小流氓說話？」

「什麼小流氓？你怎麼亂罵人？」子齊上前一步指著黨存立的鼻子威嚇他。

「喂，你要幹嘛？退後喔！不然我告訴老師說你霸凌我。」

胡皓和薛宥丞急忙拉住子齊。

「啐，流氓才動不動就打人，看來你和黃念文真的是同類！」黨存立繼續諷刺。

子齊氣得扭動身子掙扎著想掙脫胡皓和薛宥丞的手，上前教訓黨存立。

胡皓和薛宥丞擔心繼續僵持下去，兩人真會打起來，於是急忙把子齊架走。

兩人硬把子齊拖到前棟四樓中間的校史室。

「幹嘛把我拉走，那種人就是欠『電』，嘴巴才會這麼壞！」子齊不甘心的嚷著。

「那種人就是喜歡激怒別人，先挑起戰爭，再假裝自己是受害者，你還傻傻的上當！」

看子齊仍然怒氣沖沖，胡皓忍不住口氣有點重的念了幾句。

子齊知道胡皓說的沒錯，但仍然壓抑不住胸中的惡氣，於是朝旁邊的牆壁發洩的捶了一下，沒想到正巧捶到電燈開關的蓋子。電燈蓋子啪的掉了下來。

三人一愣，子齊率先蹲下撿起蓋子裝回去：「真是倒楣，一波未平一波又起。」

眼尖的薛宥丞突然喊：「等一下！」

他扳下子齊裝上的蓋子，湊近電燈開關看了看，然後把手指伸進去開關裡面，捏出一張用透明膠帶包裹起來的晶片。

「這是什麼？」

胡皓拿在手上端詳：「看起來是相機的記憶卡吧！」

「怎麼把記憶卡包成這樣，還塞在電燈開關裡面，是不是故意放進去的？該不會藏著什麼祕

密吧！」漫畫或動畫裡面只要出現類似這種「意外的祕密」，背後往往藏著極大的陰謀。一想到此，子齊怒氣全消，興奮的問。

胡皓小心的撕開透明膠帶，仔細檢查記憶卡：「別太興奮，包成這樣，不知道還能不能讀？」

「找個讀卡機來試試看不就知道了！」薛宥丞提議。

子齊耶了一聲！

下午最後一節是電腦課，正是好機會。

10 英雄論劍針鋒相對

上課鐘聲響了，三人各自回到教室。子齊把記憶卡塞給胡皓：「你比較細心你來保管。」胡皓點頭，回座位抽出一張面紙小心的把記憶卡和包裹記憶卡的透明膠帶包起來收進書包。

第三節國語課上的是《神鵰俠侶——黃蓉智取霍都》，嗜讀小說的胡皓期待上這一課期待好久了，他滿心想好好享受這一課，但是鄰座的黨存立不斷找胡皓麻煩，不是假裝不小心撞歪胡皓桌子，要不就是故意瞪著胡皓朝他扮鬼臉，胡皓在心裡嘀咕：「真是幼稚。」他不想跟黨存立一般見識，但又覺得有些不堪其擾。

熟稔武俠小說的劉老師準備了許多相關資料與致高昂的講課，她講到小說裡的男主角楊過最後擒住霍都，還救了黃蓉的小女兒郭襄，智退金兵，成為襄陽城的大英雄。底下的同學們忍不住喝采鼓掌，有幾個同學，包含汪茗茗則是邊鼓掌邊偷瞄胡皓。

英雄！哼！黨存立冷哼兩聲，不屑的白了胡皓一眼。

劉老師早就注意到黨存立一直藉機捉弄胡皓，她停下講課的動作：「黨存立，你怎麼了？」

黨存立立刻坐正：「沒有！」

「那就專心上課。」劉老師吞下其他想說的話，提醒自己不要沒事惹事。

劉老師沒有忘記黨存立是靠特權才編入六年四班。她想到那天被林主任逼著收下學生就覺得不舒服。她知道不能遷怒學生。只是，才轉來兩三天，黨存立的母親就不斷傳網路訊息，要劉老師特別關照黨存立。今天剛到校時，劉老師又收到他母親的訊息，請老師留意黨存立的穿著，提醒他天冷要穿外套。黨存立的父母親明白自己是特權分子，黨存立有樣學樣，也明白的「特別」，不只是對同學，連跟她講話時，語氣也流露出高人一等的優越感。

真是不討人喜歡的小孩。劉老師忍不住在心裡偷偷批評。

「老師？」黨存立舉手。

「又怎麼了？」劉老師戒備的問。

「怎麼樣的行為才算是英雄？」

原來是對課文提出問題，劉老師放心的回答。「像剛剛提到的楊過，就是英雄。」

「是因為他解救郭襄？」

「還有其他的事啊，譬如……」

黨存立打斷劉老師的話：「所以星期五解救黃念文的胡皓也是英雄？」

什麼意思？胡皓看著黨存立，不懂他的用意。

「也可以算是吧！」劉老師再度提高警覺小心翼翼的回答。

「胡皓上課時擅自跑出去湊熱鬧看好戲，結果狗屎運碰巧救了黃念文，然後就變成英雄？這種英雄太好笑了吧！」黨存立撇撇嘴表示不贊同。

「我從來就不認為我是英雄。」任憑胡皓的脾氣再好也禁不起黨存立再三挑釁，他忍不住回嘴反駁。一個英文字在眼前閃過，胡皓說道：「我只是一個nobody！」他邊說邊摸身上的護身符，腦中突然升起了一個念頭，然後悄悄一拽，把護身符拽下放進抽屜。

才坐在一起沒幾天，這兩個學生怎麼槓上了？

劉老師趕緊打圓場：「對於『英雄』的想像，每個人都不一樣。電影或是小說裡有很多關於英雄的題材，比如李安的電影《比利．林恩的中場戰事》探討的就是在戰場上救了同袍，碰巧成為英雄的比利．林恩，他表面上看起來受到大家尊敬，到處表演，很風光，但其實他心裡隱藏了許多辛酸與苦悶，不過根本沒有人關心他背後的故事，因為大家只在乎、只想看到自己心裡面的那個英雄。」也不管學生能否聽得懂，劉老師逮住機會就向學生們推薦電影。

「感覺，『英雄』好像就是我們自己嚮往的那個人！」胡皓說道。

劉老師眼睛一亮：想不到竟然有人能理解我的想法。她開心的對

胡皓投以稱讚的眼神：「沒錯，說得真好。」

原本想讓胡皓難堪，沒料到反而讓他人氣上升，看見周圍的同學再度對他投注欽佩的眼神。黨存立氣憤的捶著膝蓋，他眼睛一瞄，箭靶射向顏子齊。

「每個人對英雄的想像都不一樣，像楊過、胡皓還有老師剛剛說的比利・林恩都是因為救人所以才被稱為英雄，但是我不懂，為什麼顏子齊說黃念文是英雄，他不是破壞校長室的廁所嗎？」黨存立故作疑惑。

「我哪有說他是英雄，我是說他不滿……」一出口就發現自己上當的子齊在心底暗暗罵自己豬腦袋。他懊悔的看著胡皓，胡皓對他使了個眼色，叫他鎮定。

「老師並不明白子齊為什麼這麼說，或許子齊對於英雄有不同的看法？」劉老師望著顏子齊，請他解釋。

「這個……」

子齊看見黨存立詭計得逞的得意模樣，氣自己實在太笨了，他心底陷入兩難：如果讓老師曉得自己認同黃念文的搗蛋，認為他破壞免治馬桶是公平正義的舉動，那麼他一定也會被當作搗蛋鬼對待，這麼一來就很有可能成為老師「關注」的焦點；可是，不說的話，又會被黨存立看扁，怎麼辦呢？

算了！豁出去了！

子齊狠狠瞪著黨存立，揚聲說：「我覺得黃念文之所以會惡作劇，是因為他不滿校長一個人使用那麼高級的免治馬桶，而我們學生，包括老師您們，只能使用破爛不堪的一般廁所。雖然他這種行為以及之後說要跳樓都不對，但是我覺得，從某種角度來看，他也算是

『英雄』！」

「像楊儒門，白米炸彈客。」胡皓幫子齊補充。

劉老師彷彿被重物狠狠重擊似的，心臟突然停住，而後猛烈的跳動。

什麼時候，這些孩子的思想，竟然已經「進步」到這種程度？是因為自己從五年級就不斷餵食他們各種小說的緣故嗎？

她感覺眼眶熱熱的，一股難以言喻的傷感浮上心頭，劉老師想起，曾經也有一個人，以充滿熱情、慷慨激昂的語調提出類似的看法：

學校的主體是學生，學校的每一件措施每一樣設備都應該是為了教育、為了學生而存在，怎麼可以把經費用在一己私慾上呢？

被劉老師拋擲在遙遠彼端、不忍、不敢去想的記憶，因子齊的一番話被召喚上岸，伴隨著那些記憶的是如浪潮般洶湧的傷慟，一波一波的在她心底翻騰，四處蔓延：

「你」知道嗎？我的學生們，他們，竟然有人跟「你」說出相似的話，擁有和「你」相似的想法，如果，「你」還在，「你」會說什麼？我好希望，好希望，「你」還在喔……

她的淚水在眼角轉了幾圈，終於，忍不住滑落。

不明白老師為什麼突然哭了的六年四班學生全都傻住了。

子齊以為老師被自己的話氣哭了，緊張得耳根發熱的他在心底狂喊：完了完了，老師被我氣哭了，怎麼辦？

胡皓也不明白為什麼劉老師突然哭了，但是吸引住他的目光的，不是哭泣的劉老師，而是另一個「老師」。他剛剛靈光一現拿下護身符想看看「老師」是否在教室裡。結果，他果真看見「老師」就在一旁靜靜的聽課。聽完子齊的話語，劉老師哭了，接著，「老師」也同樣流下淚來。

這是怎麼一回事？

他直覺兩個老師並不是因為生氣而哭，而是因為傷心至極，所以才落淚。

但為什麼，這段慷慨激昂的叛逆話語引發的情緒，竟然是「傷心」？

巨大的疑惑籠罩胡皓。

劉老師和「老師」，她們究竟發生過什麼事呢？

11 記憶卡裡的麻煩

不知道是不是故意躲避胡皓，不待下課，「老師」就離開教室消失無蹤，無論是走廊或是其他樓層，都沒有看見她的蹤影。

胡皓因此更加肯定，「老師」一定隱瞞了些什麼不願意說。

最後一節電腦課，終於不用再跟黨存立坐在一起，胡皓鬆了口氣，做完老師規定的電腦作業後，只剩下幾分鐘就下課了，他跟子齊說：「快下課了，我想去探望黃念文，不如你把記憶卡帶回家讀，明天再跟我說裡面有什麼！」

「不要啦！我家電腦又沒有裝讀卡機。你去跟電腦老師借讀卡機，我們趕快看看裡面有什麼，然後再一起去看黃念文。」

「也好。」

於是胡皓以練習電腦動畫比賽為理由拜託電腦老師讓他繼續留在電腦教室練習，也順便跟電腦老師借了一台讀卡機。

趕著去當導護老師的電腦老師急著要先離開，於是告訴胡皓讀卡機用完放他桌上，他們只要把電腦關機就可以先離開，其他的設備，電腦老師站完導護會回來收拾。

既然得到老師的同意，也為了避免讓其他同學知道他們在做什麼，胡皓和子齊決定等大家都離開了才使用讀卡機讀取早上那張記憶卡。

放學鐘聲響了，大家陸續收拾書包出去排隊等著放學。

黨存立揹著書包站在門口狐疑的盯著胡皓兩人。

「看什麼？」子齊凶惡的問他。

「為什麼你們不回去？」

子齊指著胡皓：「他是電腦比賽的選手，下禮拜要代表學校出去比賽，所以老師讓他留下來加強練習。」

「那你為什麼也留下來？」黨存立不服氣地問。

「我跟他是好朋友，我留下來陪他不行嗎？」子齊挑挑眉毛。

聽到子齊的理由，黨存立無話可說，只好離開。

看到大家終於都走了，胡皓小心的拿出記憶卡，接上讀卡機，放進記憶卡，一會兒螢幕顯示啟動讀卡機驅動程式，他和子齊對望一眼：記憶卡沒壞！

「快看裡面有什麼！」子齊激動的說。被子齊影響，胡皓也不由得感到有些緊張，他正要點開檔案，電腦教室外面響起一陣腳步聲。

兩人同時回頭望，頓時鬆了一口氣。

原來是薛宥丞和汪茗茗。

「我剛才在樓下路隊沒看到你們，正好遇見汪茗茗，我問她，你們在哪裡，她說你們兩個還在電腦教室，然後……，她就跟我過來……」薛宥丞紅著臉支支吾吾的，不知道該怎麼解釋。

子齊露出了解的笑容：「我懂，英雄難過美人關嘛！」他轉頭對胡皓說：「你要小心，你有情敵了。」

「你很無聊耶！」胡皓專心看著電腦螢幕，不理會子齊的暗示。

記憶卡裡的檔案已經打開了。

「這是什麼？」子齊問。

「OMP-3500BT-W、四萬二千元、OMP-27000RE-G、一萬三千元，看起來好像是買什麼東西的收據。」

胡皓點開下一張照片，照片裡面是一張名片。再下一張還是一張照片，照片拍得有些模糊，但依稀能辨認是一張寫著密密麻麻數字以及蓋著許多紅印章的單子，紙張較清楚的只有右下角的紅色大印章。再點開下一張，薛宥丞睜大眼睛詫異的問：「這不是輔導室的冰箱嗎？」

「拍冰箱做什麼？要冰東西喔？」子齊搶過滑鼠往下點：「怎麼還是看起來像收據的紙啊。」他嘀咕著：「算了，不要看了，書包收一收，我們一起去看黃念文。」

胡皓頭也不回的說：「再等一下！」拿過滑鼠繼續點開下一張照

片。

咦！

這張照片讓四個人同時一驚。

「這，怎麼有點像是校長室的廁所！」子齊說。

雖然拍攝的角度和星期五胡皓他們在便利商店拼出來的那張照片不盡相同，但是看起來真的很像校長室的廁所。

「你們四個在做什麼？」電腦老師站在四人背後瞪著他們，而黨存立則站在老師旁邊賊賊的笑著。

電腦老師看了螢幕幾秒，臉色有些難看：「不是說要練習電腦比賽的作品嗎？這是什麼？」

「這，這是我家廁所的照片！」子齊隨口掰了一個答案。

「老師，顏子齊說謊，這是校長室的廁所，你看這是校長的免治馬桶，我上過，我知道，他說謊，這不是他家的廁所。」黨存立得意洋洋的說。

電腦老師的臉色變得更加難看：「你們為什麼拍校長室的廁所？」

這……，該怎麼解釋呢？

汪茗茗靈機一動，趕緊接著子齊的話說：「老師，顏子齊沒有說謊喔！他家最近重新裝潢，所以他一直跟我們炫耀說他們家有裝免治馬桶，這張照片就是他家重新裝潢過的廁所的照片啦！」

「是嗎？」電腦老師半信半疑。

黨存立看見汪茗茗竟然幫忙圓謊，又是忌妒又是擔心老師被他們的謊話騙過，指著螢幕又再強調一次：「這真的是校長室的廁所，我真的上過！我沒有騙人，顏子齊說謊。」

子齊推開黨存立的手，擋在螢幕前面：「好啦好啦，你上過校長室的廁所，你是貴賓，你最了不起，我們都沒有上過校長室的廁所，不過沒關係，我家也有裝免治馬桶，不信給你們看我手機裡面的照片，喏，你們看！」

子齊說話的同時，汪茗茗和薛宥丞極有默契的幫忙擋住胡皓和螢幕，同時間，胡皓快速的把記憶卡裡的檔案上傳到自己的信箱裡面，然後關掉信箱刪除電腦的瀏覽紀錄以及記憶卡裡面其他張照片，僅留下那張廁所的照片。

「這張不是，咦，我又點錯了，這張也不是。」子齊故意一張一張慢慢點開手機裡的照片，直到薛宥丞戳戳他的背暗示他「大功告成」，他才啊的一聲說：「我想起來了，我是用另外一支手機拍的，不是這支手機，我明天再帶來給你們看。」

「不用看了。」電腦老師轉頭仔細端詳螢幕上的照片：「把記憶卡給我。」

「老師，這是我的記憶卡，你不能沒收。」子齊抗議。

「誰跟你說我要沒收。」

電腦老師取走記憶卡，走到前面的教師電腦把記憶卡裡那張照片存在教師電腦裡面，再把記憶卡還給子齊。

「趕快回家！」

是！四人異口同聲說著，收拾書包離開電腦教室，完全不理會站在一旁鐵青著臉，氣得牙癢癢的黨存立。

走出校門後。

子齊故意打趣汪茗茗：「汪茗茗，沒想到你腦筋也轉得挺快的，你常說謊吼？」

「哪有？」汪茗茗臉色紅撲撲的，她拍拍胸口吐著舌頭：「我是第一次說謊耶！剛才我心臟差點跳出來，好可怕！」

「對啊！我也是第一次這樣做，真的好緊張，簡直就像《不可能的任務》裡的情節！」薛宥丞笑了笑，接著露出疑惑的表情：「不過，那張記憶卡裡面怎麼會出現校長室的廁所啊？裡面還有其他檔案嗎？」

「有。」胡皓簡潔的回答後又陷入沉思。

「你在想什麼？」汪茗茗問。

胡皓想了想，把今天國語課發生的事情大略講了一遍，略過他看見「老師」那部分。子齊則是添油加醋一邊補充說明一邊趁機會又損了黨存立幾句。子齊說他看到劉老師哭出來時，快嚇死了，以為是自己叛逆的言論把老師氣哭了。

「不過我現在回想，我們老師似乎不是因為生氣才哭，好像是想到什麼很傷心的事情，奇怪了，我那些話有提到什麼讓人傷心的嗎？」子齊看著其他人詢問。

汪茗茗和薛宥丞聳肩搖頭表示不知道。

胡皓停下腳步，問大家：「星期五黃念文的事故與校長室的廁所有關，今天上國語課的時候，子齊那段讓劉老師哭了的話也和校長室的廁所有關，我們在校史室裡面撿到的記憶卡裡面也出現校長室的廁所。你們不覺得，太巧了？」

「你說的這三件事，前面兩件事本來就有關聯，至於記憶卡，可能必須明白其他照片是在拍什麼，才會知道為什麼會出現校長室的廁所。」薛宥丞分析。

「我回家收信再看一次檔案，看看能不能發現什麼。我們現在先去看黃念文吧！」胡皓說。

12 nobody是老師還是獄卒？

黃念文家裡沒人。正在巷口聊天的歐巴桑們告訴胡皓，黃念文可能是和媽媽一起去打掃黃昏市場了，大概十點多才會到家。

一聽到黃念文十點多才回家，汪茗茗立刻反應：「那太晚了，我不能那麼晚出門。」薛宥丞也表示自己無法等那麼晚。

「不然大家都先打電話回家，說要來我們家吃飯，吃完飯以後我們再一起去黃昏市場找黃念文。」子齊提議。

三人都點頭說好，各自拿出手機與爸媽聯絡之後，就往子齊家前

進。

子齊的家是一棟五層樓高附有電梯的獨棟透天厝。一踏進屋裡，薛宥丞驚訝的看著子齊家裡豪華的擺設，說：「顏子齊，原來你家那麼有錢！」

「子齊他爸常捐錢給學校，黨存立說校長室是用來接待貴賓的，他爸應該就是常被接待的貴賓之一吧！」胡皓故意開子齊玩笑。

「那你今天怎麼不反駁黨存立，說你爸也是貴賓。」汪茗茗問。

「有錢是我爸媽有錢，我一毛錢也沒有賺過，幹嘛像他那樣炫富，有病！」子齊不以為然的撇撇嘴。

「說得好！」子齊的爸爸不知何時突然出現，聽見子齊的話，邊笑邊扯著子齊的臉：「不愧是我顏家的子孫啊！」

子齊掙脫爸爸的手和爸爸在沙發上開玩笑的打來打去。

子齊的媽媽端出剛烤好的披薩招呼胡皓三人：「趕快來吃我拿手的瑪格麗特披薩！不要給那對瘋瘋癲癲的父子吃。」

一聽到最愛吃的瑪格麗特披薩，子齊收手，三步一跳，跳到桌邊拿起披薩大快朵頤。

子齊的媽媽瞪他一眼：「有客人！」

子齊邊嚼披薩邊口齒不清的說：「他們不是客人，是自己人啦！」說著又拿起第二塊披薩。

子齊的爸爸笑著坐下跟大家打招呼，一會兒，他像是突然想到什麼似的轉頭問胡皓：「你爸最近勤務多嗎？」

「還好。」

「我前幾天遇到他，他問我認不認識你們學校前一任校長。我心想，那個校長不是調走了嗎？怎麼會提到他，你爸也沒多說。」

「喔，顏伯伯，不好意思。」

「沒事。」子齊的爸爸明白胡皓的父親工作性質特別，並不在意。他拿起一塊炸雞咬了一口：「那你們現在這個校長怎麼樣？」

大家你看我我看你，沒有回答又繼續啃炸雞吃披薩。

「看你們都不回答，哦，我大概可以猜得出來這個校長的評價了。」

「爸你不是有捐錢給學校，你沒看過校長喔？」

「都是你媽幫忙拿支票給學校，我雖然是校友，但是我畢業後就沒有再回去學校過了。」

「你好冷血喔！都沒有回去看你以前的老師。」子齊批評。

「以前教我的老師大部分都退休了，我六年級的老師洪佳蓓老師也過世了，我回去做什麼？」

過世了？胡皓心下一動：「是怎麼過世的？」

子齊的爸爸收起笑容：「聽說是因為體罰學生被家長提告，心情不好，好像還因此得了躁鬱症，某一天放學的時候，可能是因為服用抗憂鬱的藥物，精神狀況不佳，從樓梯上摔下來，送醫不治。這件事，好像是你們進小學前一年發生的吧！」

聽見有老師因為意外死在學校裡面，大家面面相覷，心裡頓時覺得毛毛的。

「不用怕，洪佳蓓老師是好人，我記得啊，她帶我們班那時候才剛畢業，我們班當時很壞，五年級的老師就是被我們氣走的。大家都以為她一個剛畢業的小女生就挑戰後母班，一定會被整很慘。可是，她跌破眾人眼鏡，不僅很快的收服了我們班那些牛鬼蛇神，常講有趣刺激的故事給我們聽，陪我們打球，假日還帶我們出去玩。我到現在都還記得她坐在階梯上面指揮我們打躲避球的樣子，彷彿就像個女戰神。」想到學生時代，子齊的爸爸露出既哀傷又懷念的複雜表情。

「那樣的老師，怎麼會體罰學生呢？」汪茗茗問。

「我也不明白，可能是受到什麼刺激吧！也有可能，是被學校的體制折磨到熱情消褪，才會從『老師』淪為『獄卒』。」子齊的爸爸聯想到自己國中遭受體罰的悲慘歲月，忍不住喟嘆的說。

胡皓又問：「你還記得洪佳蓓老師的長相？」

「印象模糊，我只記得她眼神總是神采奕奕的，喔，當時我們班都暱稱她小狐狸，因為她長得很像狐狸。」

長得像狐狸，那不就是「老師」？原來，她叫洪佳蓓啊！

胡皓趕緊追問：「那她和我們劉老師很熟嗎？」

「劉敏菁老師？我不知道，劉老師應該是我畢業以後才調來的吧。喔，對了，洪佳蓓老師那時候好像和你們學校的林主任是好朋友，林主任當年是我們隔壁班的導師，常常來找洪佳蓓老師，我們都說他在追她。」愉快的回憶讓子齊的爸爸卸下哀愁露出微笑。

這番有關老師的描述確實沖淡了大家心中的不舒服，子齊的媽媽轉移話題問起黃念文的狀況，知道他們等一下要去黃昏市場找黃念文，主動提議說要載他們過去。

「你媽怎麼都不擔心我們跟黃念文走那麼近？」下車後，薛宥丞問子齊。

「為什麼要擔心，我媽說她在少年法院看過很多少年犯，他們因為踏錯一步，沒有人願意伸手拉住他們，然後就一路錯下去，她擔心黃念文也會這樣，所以跟我說有機會要多關心他，拉他一把。」子齊回答。

薛宥丞聽了不由得羨慕子齊有這麼開明的母親，他心想，如果換成自己的母親，一定會叫他遠離黃念文這種壞學生，免得被帶壞吧。

七點鐘，黃昏市場的人潮已經散得差不多了。只剩下零零星星幾個攤位仍有少許客人還在採買，大部分的攤位都已經收拾完畢離開了。

遠遠那頭，昏暗的燈光下，有兩個瘦小的人影正在打掃市場走道。聽見腳步聲，黃念文母子抬起頭來，黃念文看見他們，露出非常驚訝的表情：「你們怎麼會在這裡？」

黃念文的母親認出薛宥丞，微笑著說：「阿文的同學喔，你們

好。」

薛宥丞向黃念文的母親點頭致意：「黃媽媽，您好，黃念文今天沒有去學校，我幫他拿作業回來給他。」薛宥丞掏出書包裡的作業簿遞給黃念文。

黃念文看了一眼，撇開頭：「那種爛學校的爛功課我才不想做。」

「阿文！」黃念文的母親斥責他，她轉身抱歉的幫黃念文收下作業簿：「多謝你們捏，阿文他做錯事，見笑，不敢去上學，還麻煩你們送作業給他，真歹勢。」

「就說我是被誣賴的，你都不相信。」黃念文委屈的瞪著母

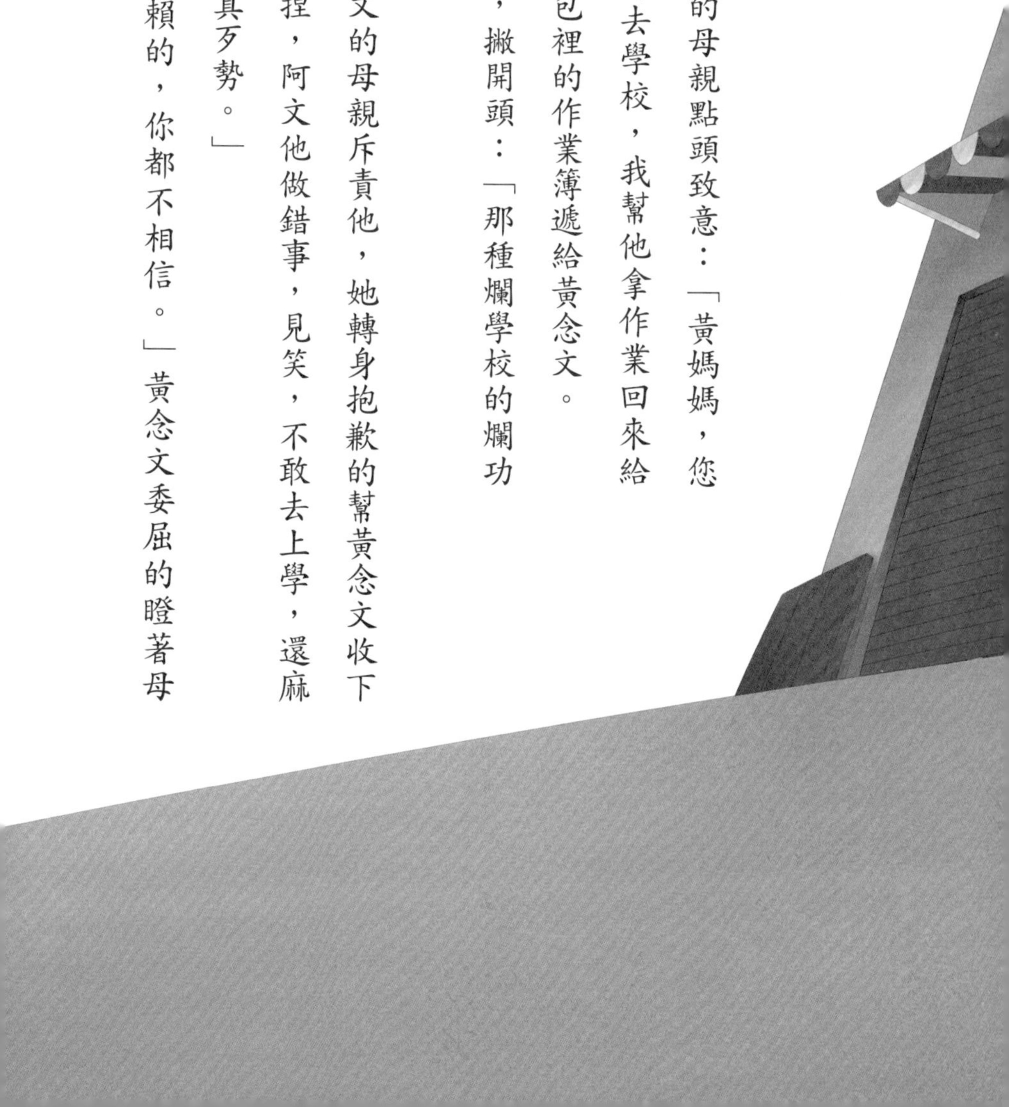

親，雙眼微紅看似要哭了。

「查甫仔，做錯事就承認，哭什麼哭，你以前就沒那麼愛哭，怎麼這幾天動不動就哭，同學都在這裡，你不會歹勢喔！」黃念文的母親大聲斥責黃念文。

黃念文哼的一聲把掃把一丟，跑開。

黃念文的母親見狀搖搖頭，眼眶也紅了起來，她想到還有其他同學在這裡，趕緊揉揉眼睛對大家說：「真的不好意思，我們阿文先做錯事不承認，又差點去做傻事，惹出那麼多麻煩，才會使性子，真的很歹勢。」

「黃媽媽，學校有說這件事要怎麼處理嗎？」胡皓問。

黃媽媽看著胡皓，先是一愣，繼而認出胡皓就是星期五救了黃念文的男孩子，她激動的上前握住胡皓的手：「難怪我覺得很面熟，你就是那天把阿文從欄杆上面拉下來的同學？謝謝、謝謝、謝謝你！」

黃念文的母親熱烈的道謝讓胡皓覺得頗不好意思，他尷尬的抽回手：「沒什麼啦黃媽媽，黃念文沒事就好。」

「對啊，黃念文平安沒事最重要，學校有說壞掉的馬桶要怎麼辦嗎？」薛宥丞問。

大家都繞著說話，不敢直白問黃念文的母親學校是否要求賠償與處罰黃念文。

黃念文的母親明白大家想知道什麼，她嘆口氣說：「學務處的張主任說，只要他寫悔過書，再罰一個月的愛校服務，學校就不會要他賠償。可是他堅持不肯寫，說他是被誣賴。還說寧願不要上學，要每天跟我去打掃賺錢來賠。」黃念文的母親央求他們：「啊你們幫我勸勸他，叫他男子漢敢做敢當，一定要回去上學。該賠錢的，我會賺錢來賠，他的路還那麼長，不念書怎麼會有前途……」

黃念文的母親雖然學歷不高，說話的腔調也不文雅，但是她很講理。她認為自己的兒子做錯事在先，又衝動做出那樣的傻事，給學校和大家帶來不少麻煩，雖然學校說不必賠償，但是她知道免治馬桶很貴，所以她心裡打算，不僅要叫黃念文認錯道歉，還要想辦法把錢賠給學校，免得讓黃念文在學校抬不起頭來。

然而黃念文心中並不是這麼想。

看見胡皓一行人走近，他站起來轉過身去：「我有做的我承認，但是我不會承認我沒有做的事情。」

「我們相信你！」胡皓說。

黃念文詫異地回過頭，看見四人肯定的表情，他鬆開緊握的拳頭，哭了。

13 野獸憤怒撒野是因為好痛

黃念文邊抽噎邊把經過情形告訴大家。

上一週他在打掃樓梯時，五年級的學妹下去倒垃圾，經過他旁邊時，他聽到那兩個女生一邊搗著嘴神祕兮兮的笑一邊說校長室的免治馬桶好好玩。黃念文沒聽過免治馬桶，以為是什麼新奇的玩具，就去問彭允太，彭允太告訴他：「免治馬桶就是上完廁所後，會噴水出來洗屁股，然後還會有熱氣跑出來把屁股烘乾的馬桶。」

說到這，黃念文尷尬的看著大家：「我不相信，以為彭允太故意說假話整我，彭允太就笑我是土包子，說免治馬桶很貴，我家很窮，沒用過，才會不相信他說的話。我很生氣，就打他。」

「可是你們兩個怎麼後來又一起去校長室？」胡皓問。

「彭允太隔天跑來跟我道歉，還問我，要不要去校長室偷看免治馬桶，證明他沒有說謊，我就說好。星期三放學那天我們就趁校長不在時偷偷進去校長室的廁所看免治馬桶，彭允太還教我怎麼用，吼，真的會噴水還會噴熱氣，屁股一會涼涼的，一會熱熱的，真的很好玩。」黃念文不好意思的撓撓頭。

「那星期五那天？」

提到星期五，黃念文低下頭來，既彆扭又尷尬的點著腳趾，好半晌才說：「我回家問我媽有沒有用過免治馬桶，我媽說她去人家家裡打掃時，有看過有些有錢人家裡會裝。她問我怎麼突然問這個，我不敢跟我媽說謊，就告訴她說我去玩校長室的免治馬桶，我媽就罵我，說那種東西很貴，要好幾萬塊，萬一用壞了，我們家根本賠不起。

「我被我媽罵了以後心情已經很不好了，隔天在學校大便，我大完便沖水才發現馬桶又不通了，我用力踩沖水的想把我的大便沖下去，結果大便水竟然往上冒，把我的腳弄得都是臭大便。吼，害我清好久，身上都大便味。」

「然後呢？」聽了黃念文的描述，子齊其實很想笑，但是他不敢笑，只好拚命忍住笑意問黃念文。

「然後，我星期五中午就跟彭允太借廣告顏料，在裡面加辣椒，趁校長不在校長室時，叫他幫我把風，把那罐顏料倒在免治馬桶那個會噴水的棒子上面，我心想這樣校長一按按鈕，屁股就會被辣椒水噴到。」

「學校的馬桶不通和你被你媽罵，都不是校長害的，你怎麼可以對校長做那麼惡劣的惡作劇？」汪茗茗責備黃念文。

一被責備，黃念文馬上不服氣的揚起下巴：「怎樣！我就是不爽啦，我們鄰居都說，校長、老師的薪水，還有學校的設備都是納稅人的錢付的，我媽那麼辛苦賺錢，從來都沒有用過免治馬桶，校長她竟然用我們的錢去買那麼高級的免治馬桶，不把錢用來修理學校那些破爛的廁所，你說她這樣不過分嗎？」

汪茗茗愣住了，她想到自己在學校上廁所時，經常要一手抓著壞掉的門鎖，一邊提防地上的汙水或是天花板的漏水弄髒自己；想到總是積水溼滑的地板，經常不通、有臭味的馬桶……。她也常抱怨學校的廁所呀！所以黃念文會這樣想，也是難免啊！她戳了戳黃念文的手：「對不起。」

「你只有倒顏料，沒有破壞馬桶？」胡皓又問。

「免治馬桶那麼貴，弄壞了學校一定會叫我賠，我哪有錢賠，我才不會頭腦破洞去破壞它。」黃念文指著自己的腦袋大聲說。

「那為什麼張主任說是你破壞的？」薛宥丞問。

「不是張主任，是陳主任她先找我的，我和彭允太第二節上體育課的時候就被陳主任叫去輔導室，她拿手機裡面的照片給我看，說她看見我們中午從校長室跑出來，問我們是不是進去裡面搞鬼。那時候我看照片只看到馬桶有紅色顏料，就承認說是我做的，結果哪知道下午最後一節課上課的時候，換成張主任來找我們，給我們看一張列印的照片問我們為什麼要破壞馬桶，我只有倒顏料，根本就不是我破壞的，我當然不承認，張主任就罵我是流氓，說要叫警察來抓我，還說要我媽賠錢，我又急又氣，就……」黃念文垂下頭來，既懊惱又覺得委屈。

「陳主任和張主任給你們看的照片，是不是同一張？」胡皓問。

「我也不確定，陳主任給我看的是她手機裡面的照片，只有拍到馬桶裡面和廣告顏料，張主任給我看的那張是列印的，比較大張，拍的是被弄壞的馬桶、還有地板、牆壁。但是，」黃念文強調：「我真的沒有破壞免治馬桶。」

「我們就是因為相信你，才會來找你問清楚。」薛宥丞說。

但是，如果犯人不是黃念文，會是誰呢？

大家你看我我看你，腦袋想呀想。

「會不會是彭允太？」子齊說：「你倒完顏料走了以後，彭允太又溜回去破壞免治馬桶，然後把罪推到你身上。」

「他幹嘛害我？」黃念文不懂。

「因為你之前打他，所以他假意跟你和好，然後找機會陷害你。」子齊推想。

「不可能！」黃念文和胡皓同時說道。

兩人互望一眼，胡皓讓黃念文先說，黃念文解釋：「我說不可能是因為彭允太星期五下午一直跟我在一起，我們連上廁所都沒分開，他怎麼可能溜回校長室破壞馬桶？」

胡皓接著陳述他的理由：「彭允太的個子比黃念文還小，我看那張被破壞的馬桶照片，馬桶蓋斷成好幾段，有的碎片還掉到地上來，感覺砸壞馬桶蓋的人應該是很用力，很生氣，那種力道，彭允太那種小個子，沒辦法。」

「那會是誰？」薛宥丞問：「難道是校長自己弄壞的？」

「這也不太可能！」胡皓說。

「不是黃念文也不是校長自己弄的，那不然還有別人進去校長室嗎？」

「有！」

胡皓看著薛宥丞，一會兒，薛宥丞不敢置信的張著嘴說：「不會吧，你的意思是說，是林主任？」

胡皓拿出一張紙，在上面寫了幾行字。

中午／黃念文彭允太／馬桶倒顏料（未遭破壞）／校長室

下午第一節／林主任／馬桶遭破壞照片1／校長室

下午第二節／陳主任黃念文彭允太／照片2（馬桶未遭破壞）／輔導室

下午第三節／張主任／馬桶遭破壞／照片1／六年三班

他指著黃念文：「照片1是林主任拍的，林主任說他下午第一節進去校長室的時候就發現馬桶已經遭到破壞，所以他趕緊拍下照片1傳給張主任。請張主任調查。張主任到下午第三節才找到黃念文，並且拿著照片1上來質問。而照片2則是陳主任拍的，能夠證明黃念文沒有破壞馬桶的關鍵就在照片2。剛才黃念文說下午第二節陳主任把你們找去輔導室，問你們是不是有進去校長室搗蛋，陳主任之所以確定是你們，是因為她說她看見你們在校長室鬼鬼祟祟。因此我推測她看見你們之後，就即刻走進校長室，然後拍下照片2。照片2裡的馬桶這時應該還未遭破壞。」

「可是她第二節才找我們。」

「那是因為她拍下照片2之後，就馬上離開學校直奔醫院。然後下午第二節才又回來問你們，確認紅紅的東西是廣告顏料和辣椒水，之後，她才又請假離開學校。」胡皓說。

「你怎麼知道陳主任那天下午去醫院？」子齊問完，隨即也想到答案。

胡皓點頭：「你想的沒錯，我那天因為衣服溼了，去輔導室換運動服，黃念文和陳主任進來的時候，我正好在隔壁的雜物間，結果就聽到你們的對話。你們走了以後，我聽見陳主任打電話跟三年四班的老師解釋她下午第一節調課是因為去醫院，還有，那天我聽見陳主任走路的聲音好像怪怪的，黃念文，妳應該也有注意到她那天好像行動不太方便。」胡皓說到這，臉莫名其妙的紅了起來。

黃念文點點頭，但是他仍然不懂胡皓在說什麼，他問：「陳主任身體不舒服要去醫院，跟照片2，有什麼關係？」

汪茗茗已經猜到陳主任為什麼一拍完照片2就立刻奔去醫院，她聽見黃念文這麼問，立刻臉紅紅的瞪他一眼隨即把頭轉開。

而子齊和薛宥丞也馬上明白這中間的關聯了，薛宥丞紅著臉不好意思的低下頭，只有子齊大大方方的說出來：「陳主任一定是中午跑去校長室偷用校長的免治馬桶，結果被黃念文的辣椒水射中屁股，很痛，所以趕快去看醫生。她會拍下照片２一定是為了要給醫生看。唉呦，又不是被蛇咬到，醫生光看照片怎麼會知道那紅紅的是什麼？陳主任只好看完醫生以後再回來找黃念文問清楚，因為這種事情太丟人了，當然不能大肆宣揚，所以才會叫他們去輔導室問。其他主任都是男的，陳主任不可能把這件事情告訴他們，也不可能跟校長報告，因為誰叫她要偷上校長的廁所。」

「你有必要說那麼清楚嗎？」薛宥丞擔心汪茗茗會很尷尬，偷偷的瞄她，邊責怪子齊。

子齊看見汪茗茗的臉紅得彷彿快滴出血來，才想到她是女生，聽見這些推測一定會很尷尬，於是吐吐舌頭不好意思的閉上嘴巴。

胡皓見狀趕緊繼續往下推理轉移氣氛：「先是黃念文進廁所倒顏料，接著陳主任進去廁所，拍下照片2，陳主任去醫院。然後是下午第一節課林主任進去廁所，馬桶壞了，照片1。下午第二節課，陳主任從醫院回來，找黃念文求證照片2裡面是什麼。所以這兩張照片的時間先後順序應該是：照片2，再來才是照片1。」

「馬桶一定是在照片2之後，照片1之前遭到破壞，中午午休到下午第一節，這段時間，張主任一定有調監視器出來查過，除了黃念文以外沒有其他學生進去校長室，而除了黃念文，就只有跟在黃念文之後的陳主任，以及第一節課的林主任有進去校長室！」胡皓說。

「為什麼不會是校長自己弄壞的？說不定她是因為看見馬桶紅紅

髒髒的，就想說乾脆自己把馬桶敲壞就可以再買新的。」子齊就是喜歡從人性醜惡的觀點去推理。

「我覺得不可能是校長，我早上第四節去教務處交作業的時候，正好看見校長和總務主任，還有家長會長一起走出校門。下午出事的時候，校長和他們才又一起出現。校長經過我身邊的時候，我好像有聞到酒味。我猜他們可能是出去吃飯，直到聽說學校出事了才趕回來，所以絕對不可能是校長。」薛宥丞解釋。

「你們幾個說半天，我都聽不太懂，拜託你們直接說，免治馬桶到底是誰弄壞的？」

四人異口同聲說道：「林主任！」

嗄？

黃念文嚷著：「他幹嘛把免治馬桶用壞，他有病喔？」

子齊、汪茗茗、薛宥丞三人也都覺得很奇怪，不明白為什麼林主任要這樣做，只有胡皓，不知道是不是方才子齊爸爸的那番關於洪佳蓓老師的回憶，讓他感覺林主任這麼做的原因，可能與洪佳蓓老師有關。

但是，有可能嗎？

林主任會因為一個死去七八年的好朋友而破壞校長室的免治馬桶嗎？

如果是的話？他為什麼要這樣做？

洪佳蓓老師和免治馬桶有什麼關係？

子齊興奮的握拳：「管他什麼原因，我們明天去揭發林主任，還黃念文清白！」

「這只是推測，我們並沒有證據。」胡皓提醒。

「怎麼沒有證據？陳主任不是有拍照片2，那她拍的時候就會看見馬桶是好的啊，叫她把照片2拿出來。」子齊說。

薛宥丞和汪茗茗同時搖搖頭表示不可能，薛宥丞說：「陳主任絕對不會把照片2拿出來，因為那樣做，大家就會知道她有使用免治馬桶，以及……」薛宥丞停住，不好意思再往下說。

「你說的沒錯，一邊是同事，一邊是調皮的學生。幫同事說謊，把錯全推到學生身上，自己就可以保住面子；選擇坦白，既得罪同事自己也可能會變成笑柄。是你，你會選哪一種做法？」胡皓說。

子齊懂了：「那，怎麼辦？難道讓黃念文繼續背黑鍋？」

「現在只能選擇忍耐，先別把我們今天的推測說出去，等找到其他證據再說。黃念文，忍耐，你做得到嗎？」

黃念文看著胡皓，一會兒，才輕輕的點頭：「我盡量。」

14 有時候弄髒手是為了拯救

「還沒睡啊！」胡警官瞧見胡皓房間燈還亮著，推門進來。

「爸！」胡皓伸個懶腰指著電腦螢幕說：「在看信件。」

喔！胡警官刻意轉開頭不看螢幕，兒子大了該留點隱私給他。

「明天還要上課，早點睡覺。」

喔。

「爸！」胡皓叫住爸爸：「你可以幫忙看看這些照片是在拍什麼嗎？」

胡皓指的照片就是今天發現的記憶卡裡的照片，他剛才又仔細的重看一次，只知道這些照片裡面有幾張拍的是校長室的免治馬桶、有一張是輔導室的綠色冰箱，還有許多張看起來似是收據、請購單的單子。有的單子上面蓋了紅色的印章，有的蓋了藍色的印章，這些印章的名字裡頭，胡皓只認得一個人，林立林主任。可是印章上面的職稱不是刻林立主任，而是林立事務組長。胡皓想，單子上面的日期標示的是八年前，可能林主任那時候還不是主任，而是組長。

胡皓猜想這些收據與請購單一定與校長室的免治馬桶有關，不過他實在看不懂拍攝這些單據的用意，只好請爸爸幫忙。

胡警官一張一張點開來看。尤其是胡皓看不懂的那幾張收據和請購單，他反覆看了好幾次，越看臉色越凝重。看完之後，嚴肅的問胡皓：「這些照片是從哪裡來的？」

胡皓告訴爸爸，照片是從藏在校史室的電燈開關裡面的記憶卡中取出來。

「記憶卡呢？」

「在子齊那裡，不過記憶卡裡面的照片只剩下校長室的廁所那一張，其他的我上傳到我的信箱之後就全刪了。」胡皓解釋因為不想讓電腦老師發現他們在做什麼，子齊甚至掰說這張照片是他家的廁所的照片。

「照片寄給我，剩下的我來處理，你們幾個先別聲張。」

聽見爸爸這麼說，胡皓從書包裡面小心翼翼的取出用衛生紙包住的透明膠帶：「記憶卡就是用這個膠帶包起來的，上面可能會有記憶卡主人的指紋，給你。」

爸爸神情複雜的看著胡皓，苦笑著搖頭：「讓你讀那麼多推理小說，不知道是不是好事？」

胡皓眨眨眼睛故意說著俏皮話舒緩氣氛：「胡警官，警民合作，是應該的啊！」

雖然不知道爸爸究竟從那些單據中發現什麼端倪，但是看爸爸一臉慎重的樣子，胡皓覺得子齊這次可能真的意外發現非常重要的「祕密」了。

第二天，胡皓把爸爸的話告訴子齊三人，要他們稍安勿躁。子齊聽到記憶卡裡的照片真的有祕密，興奮得蹦蹦跳跳，說自己是「神眉」。

「神眉是誰？」薛宥丞問。

「《靈異教師》的男主角。」汪茗茗飛快的回答。

胡皓驚訝的看著她：「你也看少年漫畫？」

「女生只能看少女漫畫？」汪茗茗反問。

「對嘛！胡皓你性別偏見。」子齊拉著汪茗茗熱烈的討論漫畫心得，薛宥丞一臉羡慕的看著他們，問胡皓：「汪茗茗說的《靈異教師》，你也看過？」

「嗯，很好看的少年漫畫，主角是會通靈的小學老師和他們班的學生，靈媒老師利用通靈的能力解決班上小朋友的問題，還有拯救妖怪和鬼魂，讓他們脫離痛苦順利升天！」胡皓說著說著，覺得這故事主角怎麼和自己有些相像。

「利用通靈的能力拯救鬼魂讓他們脫離痛苦順利升天啊！」薛宥丞像是想起什麼事般以感慨的聲音說。

「怎麼了？」

「我只是想到昨天子齊的爸爸提到的那個死去的洪佳蓓老師，我想，她的靈魂會不會還在學校裡，沒有離開。」

「你為什麼會這樣想？」胡皓倏然一驚：難道薛宥丞也是特異體質？

薛宥丞失笑一聲：「我沒有通靈的能力啦。我只是覺得，一個曾經那麼熱情的老師，卻因為體罰學生而被告，生病，最後意外死在學校裡面，她死時那一刻，應該很痛苦。我奶奶說，痛苦的靈魂，是沒有辦法升天的，會一直在死去的地方徘徊，被生前的痛苦纏著，」薛宥丞看著遠方幽幽的說：「她說，那就是『地獄』。」

胡皓感覺背脊發涼，薛宥丞說的沒錯，洪佳蓓老師的確是被痛苦緊緊的纏住，無法升天，但是，禁錮她的痛苦，究竟是什麼？懊悔體罰學生，還是……？

Do you dare disturb the universe?

孩子，撼動宇宙輪軸的機會來了，只是，你敢弄髒你的手嗎？

你敢弄髒你的手嗎？你敢嗎？

洪佳蓓老師的話語像連續不斷的符咒一環一環圍繞著他轉，胡皓突然覺得一陣暈眩，他抱住頭猛烈的搖晃，瞬間，黑影退散，他明白了！

他怎麼沒發現，佳蓓老師再三問他敢不敢，不只是要他去救黃念文，也是在向他求救。佳蓓老師希望這麼多年來唯一一個發現她的人可以伸手拯救她，幫她脫離無止境的痛苦循環，讓她的靈魂得以升天安息！

不行，我得找到她，只有我能幫她，因為我「看見」她了。

胡皓拽下護身符塞給薛宥丞：「你幫我保管！」

「胡皓，你要去哪裡？」子齊喊著。

同時間，他們身後傳來一陣尖銳的哭聲，三人向後望，胡皓頭也不回向樓下跑。

生態池一如往常般安靜，胡皓往楊樹下望，老婆婆果然坐在石頭上晒太陽，他深吸一口氣，走過去，直視著她：「請問，您有看到洪佳蓓老師嗎？」

老婆婆愣住了，好半晌，她伸出手指在胡皓眼前晃晃，胡皓一咬牙抓住老婆婆的手指，一陣刺骨的寒意穿透他的骨髓，他趕緊放手往後退了幾步，跌在地上。

「哎喲，原來你真的看得到鬼！」老婆婆上前想扶他，但是又怕身上的寒氣再令胡皓難以承受，於是又退後幾步：「你不上課，跑來這裡做什麼？」

「我來找佳蓓老師？」

「她又不在這裡。」

「那，請問您知道她在哪裡嗎？」

老婆婆先是搖搖頭，想了想又說：「你不會去她教室找她？」

她的教室，在哪？

老婆婆說，好像在前棟四樓中間。

中間，莫非是校史室？

雷電火石般的光芒在腦中一閃而過，胡皓深吸一口氣，他明白了，記憶卡是洪佳蓓老師的。她一定是發現校長室的廁所有什麼不可告人的祕密，所以才會拍下那些照片和收據，然後又怕被人發現她在調查這些祕密，所以才把記憶卡藏在電燈開關裡。

啊……，另一個更可怕的想法刺進他的心臟，一瞬間，他忘了呼吸。

洪佳蓓老師為什麼會從一個疼愛學生的老師變成一個體罰學生的老師，他知道原因了。

「阿桑，佳蓓老師，她從來沒打過學生吧？」胡皓覺得自己的聲音聽起來好像是從很遠的地方傳回來似的。

「打學生？哪有可能？洪老師對學生很好！學生都很喜歡她，很多人畢業以後都會回來看

她。」

「那，你知道，她是怎麼死的嗎？」

老婆婆沉吟了一會，說：「好像是沒睡好，從樓梯上面摔下來，撞到頭，沒辦法救。」她嘆口氣：「她死以前那陣子常常一個人來這裡散步，那時候，我已經是鬼了，所以我看得到她，她看不到我。很可憐捏她，散步的時候走著走著就開始哭，喔，有一兩次那個林主任也有來散步，可是他一來就和洪老師吵架，吵完以後，林主任就會生氣的先走，然後洪老師就會開始哭。」

「他們在吵什麼？」

「我也聽不懂，好像在講廁所還是馬桶，還有什麼扣什麼ㄨ，唉呀那麼多年了，你現在問我，我記不起來啦！」

看來，還是問佳蓓老師最清楚。胡皓打算回校史室找佳蓓老師。

胡皓走到一樓穿堂，子齊慌慌張張的從樓上跑下來，看見他就衝上去：「胡皓，你跑到哪裡去了？我到處找你。」

喔！胡皓正想掰個理由帶過，子齊的話卻讓他驚愕得說不出話。

「剛才，黃念文把黨存立打受傷了。」

「為什麼？」

子齊罵道：「還不是黨存立先惹的，有人看到他去上廁所的時候遇到黃念文，他問黃念文是不是又要來破壞廁所了，黃念文說免治馬桶不是他弄壞的，是林主任。黨存立罵他說謊，譏笑他是膽小鬼，說他那天幹嘛不真的跳下去，一定是因為怕賠錢才假裝要跳樓，這樣學校就不會叫他賠錢。黃念文那時候已經很生氣了，聽說旁邊的同學想把黃念文拉走，但是黨存立還繼續笑黃念文。那傢伙不知道從哪裡曉得黃念文他媽媽是在幫人家打掃的，他說黃念文和他媽媽是不是每天都憋著大便去打掃的人家偷用人家的免治馬桶。黃念文一聽到這些話，就衝過去揍黨存立，廁所的地板本來就溼溼滑滑的，他一拳打過去，黨存立要閃，不小心就滑倒，撞到小便斗，旁邊的人說好像看到他有碰到尿，唉呀反正他就大哭。然後有人去叫老師，老師就趕快把他送去保健室。」

「我昨天不是跟黃念文說叫他一定要忍耐，什麼都不要說，等我們找到證據再說嗎？他怎麼那麼衝動！」

「是黨存立先激他的……」子齊邊往上跑邊幫黃念文辯護：「是我，我也忍不住，我還想把事情鬧更大哩。」

胡皓回頭若有所思的看他一眼又繼續往上跑。

看見胡皓回來了，劉老師斥責了他幾句，就又急忙跑出教室，整間教室鬧哄哄的，像一鍋滾水。

幫忙看著他們的是一個稚嫩的代課老師，她對於眼前的吵鬧似乎毫無感覺，只是低頭滑著手機，偶爾抬起頭來喊幾聲叫他們講話音量小一點。

一看見胡皓兩人，汪茗茗趕緊上前告訴他們：「聽說黨存立他爸媽來了，還有，黃念文不見了？」

嘎！

「劉老師送黨存立去保健室不久，張主任就上來找黃念文，有人告訴主任，黃念文看見黨存立跌倒撞到頭，就嚇得不知道跑去哪裡躲了。」

胡皓抱著頭想了想，又起身往教室外面走。

「你又要去哪？」

「廁所！」

「我也要去！」子齊跟上。

「不是說要去廁所嗎？你進校史室做什麼？」

看見胡皓走進校史室，子齊驚訝的問。

胡皓沒有回頭，而是四處張望，像是在尋找什麼東西似的在一排一排的鐵櫃間穿梭，最後，停在校史室面向校門的窗戶前。

那扇原本緊閉的窗子現在打開了，冷風迎面撲來，胡皓不禁打了個冷顫，他走到窗邊把頭伸向窗外。

窗外是一片突出的平台，牆角邊有個瘦小的人影縮在那兒，還有一個半透明的藍色形影也蹲在那兒，正一臉擔憂的望著身旁的小孩。

冷風緊緊包裹著胡皓，繞著他周身打轉，似是要將他帶離地面般，他覺得自己好像要飄起來了，整個人虛虛浮浮的，他深吸一口氣努力抓緊地面：「黃念文、佳蓓老師！」

黃念文和佳蓓老師一起轉頭望向胡皓。

「你們趕快進來！」

黃念文搖頭，虛弱的說：「你走開！」

佳蓓老師站起來，哀戚的看著胡皓：「他是被誣賴的。」

胡皓點頭，他覺得喉嚨好癢眼睛好熱：「我知道他是被誣賴的，你也是。」

佳蓓老師先是一愣，然後雙手摀面，斷斷續續的啜泣爭先恐後從指縫中流洩而出，這是壓抑了多久才終於有人明白的委屈淚水啊！

15 究竟誰有罪？

一樓的學務處。

林主任、張主任、陳主任、怡嘉老師、劉老師、黨存立的父親，有人坐著有人站著，每個人的臉色都很難看，辦公室籠罩著低氣壓。

「還沒有來嗎？」黨存立的父親看了手錶一眼。

林主任搓搓手語氣十分卑微：「我剛才打過電話給她，應該在路上了。黃太太今天工作的地點比較遠，請你們再等一等。」

黨存立的父親斜睨林主任一眼：「林主任是吧？」

林主任連連點頭稱是。

「當初你們石校長再三跟我保證，說她辦學很有績效，還說這裡設備不錯，老師也都很認真，我才勉強同意把我的小孩從私校轉回來這裡，結果，才轉來不到一個禮拜，就給我出這種事，你要怎麼跟我交代？」

林主任面紅耳赤說不出話來。陳主任倒是伶牙俐齒：「黨先生，再好的學校也難免會有幾個不受教的學生，那個推倒您公子的黃同學，是我們輔導室長期輔導的孩子，你可以問導師，我們大家幫他申請補助輔導他管教他，費盡許多心，但是他還是這麼……，那個小孩上禮拜還進校長室破壞校長室的廁所，學校也還是原諒他，給他機會希望他悔改，我們真的做很多……」

「夠了！」黨存立的父親阻止她繼續說下去：「我是要你們學校

給我一個交代，不是要聽你們吹噓說你們對那種小孩有多費心。依我看來，就是你們學校長期姑息，才會讓這種小孩越來越囂張，什麼輔導，根本就是敷衍！」

陳主任被黨存立的父親一陣搶白，塗著厚粉底的白臉霎時變得滿臉通紅，她雖然很氣，但仍然只能陪著笑臉點頭表示抱歉。

黃念文的母親終於到了。看見眾人，她先是深深的一鞠躬，抬起頭來時臉上已經掛滿淚水，嘴裡不住的說著對不起。

怡嘉老師忍不住上前摟著她：「先坐下來再說。」

黃念文的母親看看旁邊：「阿文呢？」

「阿文？果然是慈母多敗兒……」一個尖銳的聲音在門口響起。

黨存立的母親一手提著書包一手摟著黨存立站在辦公室門口。

「受傷的是我兒子，打人的是你兒子，你一進學校沒先問我兒子的傷勢，反而是先問你兒子在哪？真是疼小孩啊！」黨存立的母親又是諷刺又是揶揄，臉上寫滿輕蔑與氣憤。

黃念文的母親急忙上前對母子倆深深鞠躬：「對不起，真的很對不起，我們願意賠償醫藥費！」

「你以為這種事情賠錢就行了嗎！」黨存立的母親看看黨存立，黨存立虛弱的哼著，她急忙哄黨存立：「別哭，我們去醫院。」

一直站在後面的護士阿姨忍不住插嘴：「我剛才幫他檢查過了，他沒有撞到頭，是手撞到小便斗，旁邊的同學說他的手有先拉住小便斗，然後才坐到地下，應該沒有大礙。」

聽到護士的話，黨存立哇的大哭，直嚷著好痛，黨存立的母親趕緊摟著他往外走。他的父親冷冷的看著大家：「我從來沒有看過這麼糟糕的學校，我一定要投訴。」

一個六年三班的孩子衝進辦公室：「報告主任！」

張主任抬起眼皮：「做什麼？」

「找到黃念文了，他在四樓校史室外面，好像又要跳樓了！」

什麼！一群人大驚失色，趕緊上樓。

胡皓努力想擠出欄杆，但是因為他體型比黃念文壯很多，試了半天仍擠不出去，只好放棄，改站在窗邊對外面喊話。

他看著黃念文，好像是在跟他說話，但其實是在跟佳蓓老師對話：「我全都猜到了。你那時候應該是在調查校長室的免治馬桶，你懷疑免治馬桶可能藏有什麼不可告人的祕密，然後你被發現了，他們怕你繼續查下去會給學校惹出大麻煩，所以故意製造你體罰學生的謠言，本來是想逼你辭職，但是你不肯，硬撐著，結果才會生病，精神不佳，摔下樓。」

佳蓓老師哭得泣不成聲，她抬起頭來：「當時，大家都在傳說我是因為感情不順才會有躁鬱症，還說我情緒失控在教室摔杯子、打學生，那不是真的，我沒有，學校叫我寫檢討報告我不肯，他們就每天進到我教室說要對我做入班觀察，敏菁勸我調校，不要再和他們鬥下去，我不願意，因為我明明沒有做錯事，為什麼我要逃走？」

「我知道你沒有錯，我猜，跟學校密告說妳在調查馬桶的人，就是林主任？」

佳蓓老師露出又氣又痛的表情點頭：「他說免治馬桶的收據他也

有蓋章，如果我再查下去連他也會有事，還說校長說會提拔他當主任，叫我不要妨礙他往上爬，我很生氣，我問他，莫忘初衷，他的初衷難道是當主任當校長？我們大吵一架，後來……」

蹲在旁邊的黃念文完全不懂胡皓為什麼一個人像發瘋似的說著瘋話，他只聽得懂林主任與馬桶這兩個關鍵字，於是忍不住上前靠近胡皓：「你在講什麼啊？是不是找到林主任破壞免治馬桶的證據了？」

此時見機不可失，佳蓓老師停止說話，對胡皓拋去一個示意的眼神，胡皓一眨眼，明白了，傾身伸手一把攫住黃念文的手臂，黃念文下意識想要掙脫，洪佳蓓老師忘了自己是鬼魂，竟也伸手抓住黃念文，黃念文整個人像是觸電似的全身抖個不停，他睜圓了雙眼望著佳蓓老師的方向好像看見她似的，臉色發青，嘴唇抖啊抖的，一個鬼字在嘴裡兜圈圈吐不出來。

同時間，張主任和林主任他們從隔壁檔案室打開窗戶外面的鐵窗爬出去，衝到黃念文身邊，林主任搶先抱住黃念文，然後，他也全身顫抖臉色發白像是看見什麼似的朝佳蓓老師的臉望過去。

佳蓓老師急忙鬆手。

黃念文落入張主任和林主任的懷裡，黃念文的母親衝過去，把黃念文拉向自己，滿臉是淚的她狠狠甩了黃念文一巴掌，然後就擁著他大哭。

主任帶著黃念文母子倆要下樓，胡皓跟上前：「林主任？還記得『莫忘初衷』嗎？」

林主任睜大雙眼看著胡皓，表情極為複雜，雜揉著震驚、懊悔、羞愧：「說什麼，聽不懂！」他轉身彷彿像是想逃離惡鬼似的踉蹌幾步匆忙離開。

他們才踩下幾級階梯，陳主任氣喘吁吁的跑上來，就指著樓下：「有記者，在下面，說要採訪跳樓，還有馬桶、免治馬桶！」

警衛室門口站了好幾個記者，看見幾個主任出來了，記者們硬是推開警衛湧上前。

「主任嗎？我們昨天接到投書，說你們學校有學生跳樓？」

「投訴書上說是因為不滿校長使用免治馬桶，學生卻只能使用破爛的廁所，為了抗議，所以跳樓？」

林主任脹紅著臉：「誰說的，沒有這回事！」

「沒有這回事？你是說沒有學生跳樓還是沒有免治馬桶？我們有照片喔！」

記者拿出一張照片，照片裡面的確有一座免治馬桶。

「這張照片是從哪來的？這是假的！不是我們學校！」

「是嗎？那你能讓我們看看校長室的廁所嗎？」

「校長室的廁所壞了！在維修，不方便。」

一個女記者冷笑：「是那個跳樓的學生破壞的吧？投書上面寫說他不滿學校不為學生著想，所以先破壞校長室的免治馬桶，然後才以跳樓抗議？」

林主任嘴唇顫抖覺得頭痛得快要爆炸了，他按著太陽穴不知道該怎麼回答。

高跟鞋叩叩叩的響起，終於回到學校的石校長走上前來，微笑著面對記者們：「讓我來說明吧！」

「我們學校的前任校長身患隱疾，家長會長體貼他，所以自掏腰包裝設免治馬桶提供有需要的人使用。這部分有指定捐款說明。我接任校長之後，本來想拆掉免治馬桶，但是拆除換新的要一筆經費，留下來的話，學校其他有需要的同仁甚至是學生，以及來訪的來賓家長都可以使用，所以我才留著不拆。至於破壞廁所的學生，他是一時衝動犯錯，不是在抗議，那是有人故意亂寫誤導大家。」

「那個學生現在怎麼了？」

校長看著問話的女記者，眼神似是誠懇：「身為教育人，我絕對不會放棄任何一個學生，我們不僅原諒他，而且也體諒他家庭環境特殊，沒有要他賠償，因為……」

她停頓了一下，低頭像是很冷似的拉緊身上的格紋名牌大衣，再一抬頭，臉上換成了難過的表情：「我也是一個單親媽媽，我了解只靠一個人撐起一個家庭的辛酸與辛苦，所以，我特別、特別疼惜那個孩子，以及他的母親。同時我也無法理解，為什麼有人會利用這種事情惡意中傷學校，我在這裡懇請記者先生小姐們一起幫幫忙，終止無的放矢的謠言與中傷，我們一起，為孩子的教育加油，好嗎？」

原本針鋒相對的衝突竟然大逆轉成為溫馨感人的喊話，記者們你看我我看你，想繼續問話又覺得有些師出無名，於是放下攝影機。

校長吸吸鼻子：「唉噢，我急著解釋，都忘了請大家進去裡面喝茶。來，外面風大，我們進辦公室聊吧！不好意思，校長室正在整修，沒辦法招待各位上去坐。」

一群人與校長走進辦公室。

「石校長，請您留步！」

石校長回頭，看見兩名穿著灰色夾克的男子站在警衛室，其中一人低頭填寫訪客登記簿，另一名男子走上前，把名片遞給石校長：「打擾您了，不知道現在有沒有空，有些問題想要請教您。」

石校長接過名片看了一眼，臉倏地扭曲，但隨即就鎮定下來，扮出微笑：「好！您稍等。」她轉身要林主任招呼記者們，然後和那兩個灰色夾克男子往另一間辦公室走去。

一個腦筋動得快的女記者連忙衝去警衛室看訪客登記簿。

法務部調查局！

有問題！

女記者眼睛一亮拿起電話不知打給誰，語氣急促而興奮。

其餘的記者們見狀也都湧上前，看見登記簿上的訪客身分，也紛紛打電話問消息。

林主任看著再度瀰漫的緊張氣氛，不安從腳底迅速爬升，像是察覺什麼似的，他背脊一涼猛的往後看。

風從穿堂呼嘯而過，那兒空蕩蕩的，一個人也沒有。

16 真相令人痛苦

晚上七點多，子齊打電話叫胡皓趕快打開電視看新聞。胡皓打開電視時，畫面出現的是一個馬賽克的人臉，不過他認得那個人是誰，是黨存立！

新聞裡的黨存立正在接受訪問：

對！因為廁所地板太滑了，所以我閃開的時候就跌倒了。

記者：你們學校的廁所地板總是溼溼滑滑的嗎？

黨存立：對啊！一直積水，小便斗也好臭，我都不太敢在學校上廁所，這間學校的廁所真的很髒，不像我以前的……

記者打斷他的話：那你知道校長室廁所有免治馬桶嗎？

黨存立點頭：我知道啊！我有上過！

記者：你會不會覺得很不公平？

黨存立：不公平？噢，對，不公平！

黨存立把那天早上胡皓以及子齊說的話幾乎原封不動的轉述出來，甚至連胡皓提到的《動物農莊》那句話也引用出來。

胡皓聽見電話裡的子齊大喊：奸詐鬼，竟然學我們講話！

胡皓笑了笑，繼續看新聞。

畫面陸續出現許多張照片，有些是收據明細，有些是匯款紀錄，還有一些大型家電、電腦設備的照片，其中有三張並陳的照片令胡皓瞪大了眼睛，因為一張照的是學校裡的老舊廁所，而另外兩張照片則分別是記憶卡裡面校長室的廁所照片以及輔導室冰箱的照片。

新聞裡面的記者繼續引用《動物農莊》裡的那段話：「所有的動物都是平等的，但是有些動物比其他動物更平等！」記者以激動的語氣說，孩子不滿學校不平等的待遇，甚至因此衍生衝突、受傷事件。我們的教育究竟出了什麼問題呢？

此時畫面切換回主播台，電視主播的語氣也非常亢奮：「是的！教育問題層出不窮，孩子的抗議令我們心痛，而鑽漏洞的教育工作者則令我們痛心，根據法務部調查局的追查，八年前，有學校涉嫌挪用九二一地震校舍補強款滿足自己慾望，這些學校不僅以移花接木的方式將錢轉入私人帳戶，還巧立名目購置與地震補強完全無關的家電用品放在自己的辦公室內，卻對校內其他尚未整修的設施置若罔聞，實

在……」

胡皓聽到子齊在電話裡大喊，哇啦哇啦說了一大串話，但是他一個字也沒聽進去。

不知道何時進門的胡警官默默站在胡皓身後，像是支持似的把手放在胡皓肩上，這次的案件是他們警局和調查局聯手偵破的，但是他的臉上並沒有破案的欣喜，而是疲憊與難過，以及止不住的唏噓。

胡警官告訴胡皓：「你給我的記憶卡，以及包裹記憶卡的膠帶，上面驗出洪佳蓓老師的指紋，所以確定那張記憶卡是洪佳蓓老師的，裡面的資料我拿給調查局的朋友追查，他們追蹤九二一地震校舍補強款貪汙案已經長達十年了。他們循著那些照片抽絲剝繭終於追出不軌的廠商，再從廠商口中問出其他匯款資料，找到貪瀆的確切證據。你們學校的校長室和輔導室那棟大樓雖然被列為需要補強的建築物，但是，免治馬桶還有電冰箱並不能核銷。主要涉案人前任校長已經退休了，不過還是會被判刑，林主任當年也有蓋章，雖然是聽命行事，可能也是免不了刑責，至於輔導室的電冰箱，當年的輔導主任，也就是你們現在的校長，目前查到的匯款記錄和核銷單據尚未查出與她直接相關的事證，但是我猜測這件案子，她應該也脫不了干係。」

胡警官嘆了一口氣：「還有，我有找到當年指控洪佳蓓老師體罰的學生，他承認當時因為被洪老師罵了，心裡不服氣，所以才會照著學校的說詞控訴洪老師體罰。後來，他聽說洪老師出意外死去時，很難過也很懊悔，但是他既沒勇氣也不知道該向誰說，所以才一直隱瞞下去。」

胡皓感覺喉嚨脹滿了酸楚，眼睛被一層水霧遮蓋住，他沙啞著聲音問：「不是偵查中，無可奉告？」

「多虧你，結案了。」胡警官用力捏緊胡皓的肩膀。

「好痛……」說著胡皓忍不住哭了出來，他越哭越大聲，感覺心裡好像破了一個洞似的，好痛好痛。

17 最後……

一個月以後，教育局派了一個新校長過來。她是一個穿著土氣的微胖歐巴桑，每天早上都站在校門口很有元氣的向學生打招呼。

林主任的案件還在審理中。薛宥丞說林主任好像有去找黃念文他們母子。

子齊認為林主任一定是良心發現去向黃念文道歉。他問胡皓知不知道林主任究竟為什麼要破壞免治馬桶。

胡皓搖頭表示不知道。

子齊絞盡腦汁想了許多天，終於想出了一個可以說服自己的理由：

免治馬桶那些四濺的紅色顏料形成的驚悚畫面大概是喚醒了林主任腦中某個拚命想忘記的可怕回憶，可怕的回憶讓他大受刺激，於是他突然發狂，才會破壞免治馬桶。

好不容易想出了這個答案的子齊很佩服自己，他點點頭說：「紅色果然是情感濃烈的顏色，要小心使用，不然會讓人變成一頭撒野的憤怒野獸！」

那天離開四樓平台之後，黃念文一直用怪怪的眼神看胡皓，有時候還會跑去校史室查看。

胡皓知道黃念文想查看什麼，也知道他那天在平台上看到了什麼。

原來，胡皓的特殊體質不僅能讓自己看見鬼，同時也是「導體」。那天在平台上，透過胡皓的眼睛，黃念文也看見佳蓓老師了。

不過，胡皓知道，黃念文不可能再在校史室發現佳蓓老師。

不只是黃念文看不到她，胡皓也是。

新聞播出來的隔天，胡皓想告訴洪老師，真相大白了。

但是校史室、生態池、學校四處都沒有她的蹤影。

生態池的老婆婆告訴胡皓，洪佳蓓老師走了。

走了？

老婆婆手指指著上面：對啊！走了！

學期結束的最後一天，胡皓揹著書包準備回家，他聽見隔壁校史室好像有動靜，過去一探，看見一個年輕的男子。

男子的手在黑板上畫著，嘴裡喃喃自語不知道在念什麼，一會兒，男子趴在黑板上，好像在哭。

胡皓沒有進去，只是站在那裡默默看了幾眼，然後轉身離開。

他身上戴著護身符，所以，不可能看見鬼，但是，他彷彿還是看見了。

他看見有個白色的影子站在年輕男子的旁邊，輕輕的拍著男子的背，好像在安慰他：

別哭、別哭！

老師從來就沒有怪你喔！

九歌少兒書房 262

撒野的憤怒馬桶

著者　劉美瑤
繪者　李月玲
責任編輯　鍾欣純
創辦人　蔡文甫
發行人　蔡澤玉
出版發行　九歌出版社有限公司
臺北市八德路3段12巷57弄40號
電話／25776564・傳真／25789205
郵政劃撥／0112295-1
九歌文學網　www.chiuko.com.tw
印刷　晨捷印製股份有限公司
法律顧問　龍躍天律師・蕭雄淋律師・董安丹律師
初版　2017年9月
定價　**260元**

書號　0170257
ISBN　978-986-450-145-8
（缺頁、破損或裝訂錯誤，請寄回本公司更換）

國家圖書館出版品預行編目(CIP)資料

撒野的憤怒馬桶 / 劉美瑤著 ; 李月玲圖.
-- 初版. -- 臺北市 : 九歌, 2017.09
面 ; 公分. -- (九歌少兒書房 ; 262)
ISBN 978-986-450-145-8(平裝)

859.6 106013711